熱い闇

リンダ・ハワード 作

ハーレクイン・プレゼンツ 作家シリーズ 別冊

東京・ロンドン・トロント・パリ・ニューヨーク・アムステルダム
ハンブルク・ストックホルム・ミラノ・シドニー・マドリッド・ワルシャワ
ブダペスト・リオデジャネイロ・ルクセンブルク・フリブール・ムンバイ

MACKENZIE'S MISSION

by Linda Howard

Published by Harlequin Japan, a Division of K.K. HarperCollins Japan, 2024

男は戦のために鍛錬を積み、女は戦士を癒す存在にならねばならない。
そうならずにいるのは、なんと愚かしいことか。

――フリードリッヒ・ニーチェ

ナンセンス。

――リンダ・ハワード

リンダ・ハワード

読むにしろ書くにしろ、本は彼女の人生において重要な役割を果たしているという。読み始めはマーガレット・ミッチェルの作品。デビューは30歳のとき。現在はアメリカの作家会議や授賞式の席に常連の人気作家で、サイン会にもひっぱりだこ。とりわけ、彼女の描くヒーローが魅力的だというファンが多い。

マッケンジー家

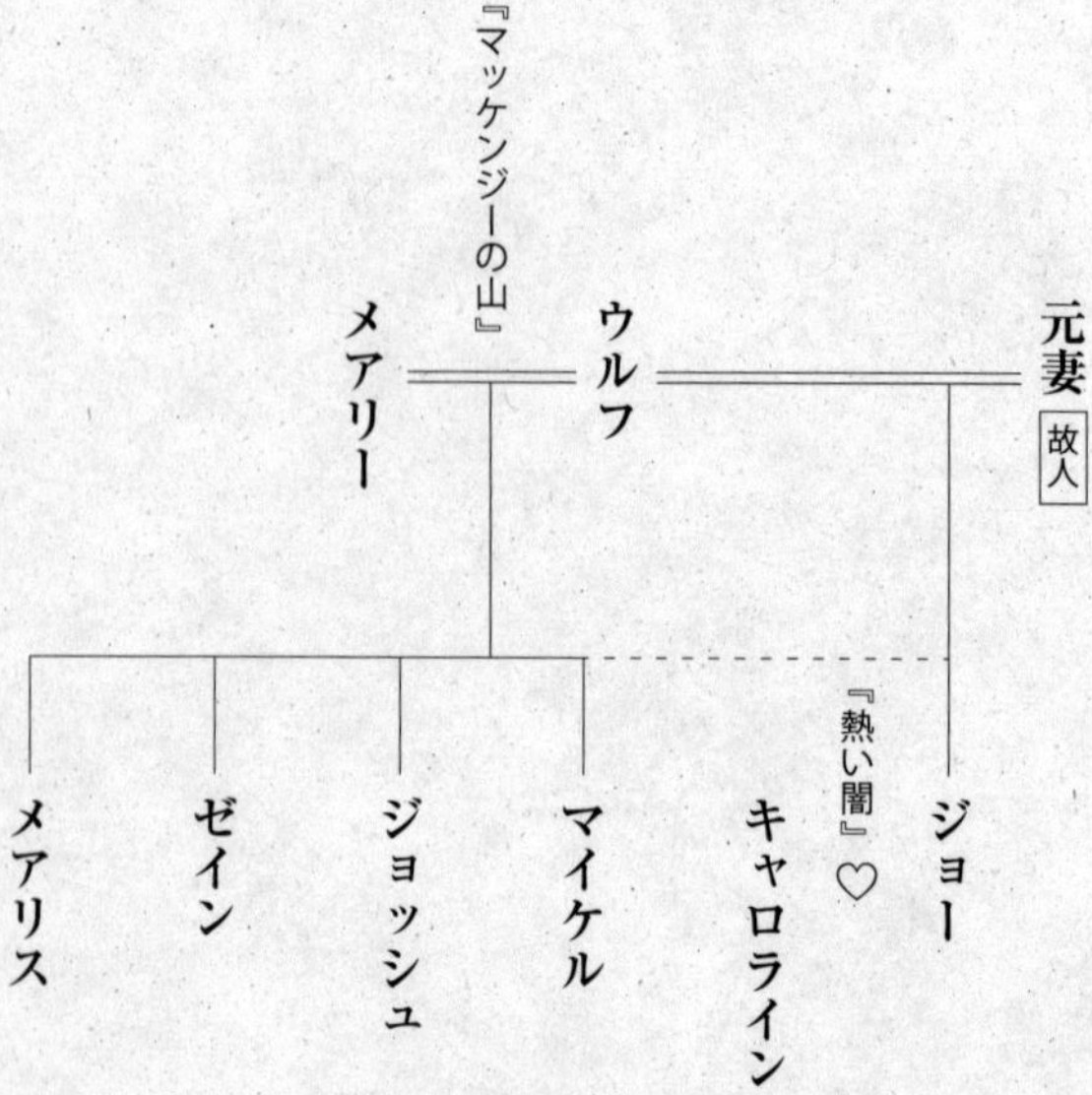

プロローグ

ジョー・マッケンジーは士官学校を卒業する前から少なくとも級友や下級生の間では伝説的な人物だった。最終学年の首席として、彼は好きな進路を選ぶことができた。だれもが予想したとおり、彼は戦闘機を選んだ。政治的かけひきに通じている者ならだれでも知っているが、空軍で昇進するにはパイロットになるのがいちばんの近道だ。しかも戦闘航空団はその派手さで常に人目を引く。しかしジョー・マッケンジーを知っている者たちは、アメリカ空軍の新人士官となった彼が昇進のことなどまったく考えていないのを知っていた。彼は飛ぶことしか考えていなかった。

上官はジョーが戦闘機に向いているとは思わなかったが、とりあえず本人の意思を尊重して訓練を受けさせることにした。ジョーは身長が百九十センチもあり、戦闘機に乗るには背が高すぎた。爆撃機ならともかく、戦闘機のコックピットは彼には狭すぎる。しかも体にかかる加速度の負担は、身長が百八十センチ以下のずんぐりした体格のほうが耐えやすいと言われている。もちろん、どんなルールにも例外はあるし、戦闘機のパイロットにとって最適とされる体格はあくまでも一般論であって厳格な規則ではない。だからジョー・マッケンジーにも戦闘機の訓練を受ける機会が与えられた。

訓練にあたった教官は、ジョーが背の高さにもかかわらず戦闘機乗りとして十二分に通用することに気づいた。それどころか、あとに続く者たちの規範になるような、ずば抜けて優秀なパイロットだった。彼は肉体的にも精神的にもその仕事に適していた。

視力は両眼とも二・〇以上、反射神経は抜群で、しかも心血管の状態がとてもよいので、小柄な訓練生より大きな加速度に耐えることができた。物理学と空気力学のクラスでは常にトップだった。操縦の手さばきは軽妙で、暇さえあればフライトシミュレーターで腕に磨きをかけた。しかし何よりも、彼には人から教わることのできない〝状況察知能力〟があった。飛行中にまわりで起こっていることを逐一察知し、それに応じて自分の行動をコントロールする能力だ。飛行士はみなある程度までこの能力を備えていなければならないが、それに長じているのはごく優秀なパイロットだけだ。ジョーには驚くほどその能力があった。現場に出るころには、彼はホット・スティック、つまり操縦桿《かん》を魔術師のように操る人間のひとりとして知られていた。

　湾岸戦争では異例に若い大尉として参戦し、一日に敵機を三機撃ち落とした。しかしその業績は公表されず、本人はほっとした。公表されなかったのは政治的な理由からだ。アメリカ空軍は多国籍軍との関係を円滑にするためにすすんで他国のパイロットに栄光を譲りたがった。マッケンジー大尉は喜んでその方針に従った。参戦してわずか二日めに、短い戦闘期間中の最も手ごわい敵の抗戦にでくわしたのは単なる偶然だった。それまで敵方のパイロットの技術には大して感心していなかったが、それでも自分の機と援護機に敵の戦闘機が六機いっぺんに飛びかかってきたときには、三分ほど命の縮まる思いをした。

　この業績によってジョー・マッケンジーは少佐に昇進した。あさましいほどに急激な昇進だった。彼の名前は戦術上のコールサイン〝ブリード〟とともに、出世コースの筆頭、将官への道をまっしぐらに突き進む者として知られるようになった。

　その後、マッケンジー少佐は空中戦でさらに二機を撃墜し、撃墜王になった。今度ばかりは彼の業績をマスコミから隠すのは不可能だったし、ペンタゴンも隠そうとはしなかった。ペンタゴンは彼の中に対外的な宣伝の材料となるものがふんだんにあることを認めたのだ。このアメリカ・インディアンと白人の混血のハンサムな青年は、ペンタゴンが宣伝したがっているあらゆる特質を体現していた。彼は常に最高の任務を与えられ、三十二歳で中佐に昇進した。ブリード・マッケンジーにはひたすら上昇あるのみと、だれもがそう思っていた。

1

彼女は憎らしいほど美しい。身軽で、なめらかで、命取りになるほど危険で、見ているだけで心臓の鼓動が速くなる。格納庫に収まって、エンジンは冷えきり、車輪は固定されているのに、それでも全身からまぎれもないスピード感が伝わってくる。

ジョー・マッケンジー大佐は片手を伸ばして飛行機の胴体に触れ、女の体を愛撫《あいぶ》するように長い指をそっと滑らせた。黒い金属の肌には、それまで彼が操縦したどんな戦闘機とも違うなめらかさがある。ジョーはその違いに魅了された。彼女の手触りが違うのは、革新的な複合素材のせいだ。素材は熱塑性物質とグラファイトと工業用スパイダー・シルクからできている。鋼鉄よりも頑丈で柔軟性があるので、これまで製造されたどんな飛行機よりも大きな圧力に耐えることができる。それはジョーも頭ではわかっていたが、彼女の手触りが違うのは彼女が生き生きと生きているからだという気がしてならなかった。彼女の感触は金属のようではない。たぶんそれはスパイダー・シルクのせいだろう。でもとにかく彼女にはほかの飛行機のような冷たさがない。

開発中の飛行機にはたいていその性質とかけはなれたコード名がつけられる。初期のSR七一ブラックバードが〝牛車〟というコード名で呼ばれたのもそのせいだ。次期戦術戦闘機の第二世代にあたる彼女には〝夜の翼〟といういかにも秘密めかしたコード名がついている。いずれ正式に量産されるようになれば、F一五イーグルとかF一六ファイティング・ファルコンのような、それなりに男っぽい名前がつくのだろう。しかしマッケンジー大佐にとって、彼女は〝ベイビー〟だ。実際には同型のものが五機あって、彼はそのすべてをベイビーと呼んでいる。マッケンジー大佐のもとでこの開発計画にたずさわるテストパイロットたちは、彼女が——どの彼女であれ——大佐に甘やかされたおかげでいつも勝手なまねをすると言ってこぼす。マッケンジー大佐は有名なアイスブルーの目で相手をにらみつけ、こう答えた。〝僕の女はみんなそう言うよ〟彼の顔は無表情で、冗談なのか本当なのかわからない。たぶん本当なのだろうと部下たちは思った。

ジョー・マッケンジーは最先端の飛行機をたくさん操縦してきたが、ベイビーは構造やスピードだけでなく兵器体系の面でも斬新《ざんしん》な、本当に画期的な戦闘機だ。そしてベイビーは彼のものだ。ジョーは開発計画の責任者として彼女の気まぐれを正し、量産にまでこぎつける責任がある。といってもそれは国会で予算が通ればの話だが、レイミー大将は通るものと確信している。なぜなら製造業者はベイビーを予算内のコストで開発したから。数年前に予算超過で開発中止になったＡ一二とは違う。

レーダーではとらえられないようにつくられた飛行機をステルス機という。このステルス技術のせいで、戦闘機の敏捷《びんしょう》性や推力は長い間抑えられてきたが、やがてスーパークルーズの登場で推力の問題はある程度解消した。ベイビーはレーダーではとらえられず、しかも敏捷だ。ベクタード・スラストといって、排気ノズルの角度を変えることによってほかのどんな戦闘機よりも急角度に、しかも高速で方向転換できる機能を備えている。スーパークルーズではマッハ２、アフターバーナーではマッハ３の速度で飛行する。兵器系統にはＡＬＦ、つまり可変レーザー発射装置が使われている。これはいずれ戦争というものを一変させる技術だ。マッケンジーは自分が歴史的事件にかかわっているのを知っていた。

だいぶ前からレーザーは照準に使われてきた。レーザー光線でミサイルを指定の位置まで誘導するのだ。しかしレーザーが武器そのものとして使われたのはこれが初めてだった。科学者たちはＸ線レーザーのエネルギー源の問題をようやく解決し、それに精巧な光学技術を組み合わせた。パイロットはヘルメットに組み込まれたセンサーによってあらゆる方向にあるミサイルや標的や敵機を探知し、そのセンサーの指示に従って可変照準装置が作動する。敵機がどんなに急いで方向転換したり高度を変えても逃げきれはしない。目標がレーザー光線から逃げるには光速より速く飛ばなければならないが、それはまず不可能だ。

ベイビーの構造は非常に複雑なので、その開発プロジェクトにはとびきり優秀な人材だけが起用された。防犯体制も厳重で、蟻《あり》一匹でさえ許可なしに格納庫に忍び込むのは至難のわざだ。

「何かご用ですか、大佐？」

ジョーが振り向くと、ホワイティの愛称で知られるデニス・ホワイトサイド軍曹が立っていた。赤毛でそばかす顔のこの青年は、こと飛行機のメカに関しては奇跡にも近い天才だ。ホワイティはベイビーを自分の飛行機だと思っている。パイロットが彼女に触れても黙って見ているのは、単にそれを防ぐ手だてが見つからないからだ。

「寝る前にちょっと様子を見に来ただけだ」ジョーは答えた。「君はもう何時間も前に勤務を終えたはずじゃなかったのか？」

ホワイティは腰のポケットからぼろきれを取り出し、ジョーの指が触れた機体をそっとぬぐった。

「きちんとできているかどうか確認しておきたいことがあったんです。明日はあなたがこいつを飛ばすんですね、大佐？」

「そうだ」

ホワイティはうなるように言った。「ほかの人たちと違って、少なくともあなたは彼女をこづきまわしたりはしませんから」彼はこぼした。

「ほかの連中がベイビーに手荒なまねをしたら、知らせてくれ」

「手荒ってわけじゃありませんが、ただ、あなたみたいな繊細さがないんですよ」

「それでもとにかく知らせてくれ」

「わかりました、大佐」

ジョーはホワイティの肩をぽんとたたき、宿舎のほうへ歩き去った。軍曹は長い間そのうしろ姿を見つめていた。夜の翼の扱いに関して粗雑だったり不注意だったりしたことが発覚した場合、きっとどのパイロットも大佐の雷を食らうくらいなら死んで地獄に行きたいと思うだろう。マッケンジー大佐は部下のパイロットのどんなささいなミスも許さないことで知られている。だが同時に、彼がパイロットの人命を何よりも尊重していることも周知の事実だ。機体は常に万全の状態に整備されていなければならない。ホワイティが勤務時間を過ぎても長い間格納庫にとどまっていたのもそのためだ。マッケンジーはこのプロジェクトにたずさわるすべての人間に最善の努力を要求する。整備にミスがあれば、八千万ドルの飛行機がだめになるか、あるいはパイロットが死ぬことにもなりかねない。これは気楽にやれる仕事ではない。

砂漠の闇《やみ》の中を宿舎に向かって歩いていたジョーは、オフィスのひとつに明かりがついているのに気づき、その金属製の建物のほうへと向きを変えた。スタッフが夜遅くまで働くのに反対はしないが、翌朝には全員にしっかり目を覚ましていてほしい。夜の翼のプロジェクトに起用されたスタッフの中には、ほうっておけば一日十八時間働き続けるような仕事の虫がいる。

ジョーは足音をたてなかった。わざと忍び足になったわけではなく、よちよち歩きのころからそういう歩き方を教わったせいだ。いずれにせよ、オフィスの中にいる人間には彼の足音など聞こえないだろう。七月下旬の暑さを追い払おうと、エアコンが必死にうなりをあげている。しかし金属製のプレハブの建物は太陽熱を吸収するらしく、大した効果は上がらなかった。

建物は左隅の部屋だけ明かりがついていた。レーザー照準装置の管理にあたる民間人チームの部屋だ。新しい装置を使いはじめるときには必ず何か事故が起こるので、それに備えて会社から現場に派遣されたチームだ。ジョーは思い出した。一週間前にチームのメンバーのひとりが軽い心臓発作を起こし、その交代要員が確か今日到着することになっていた。発作は大したことはなかったが、患者が四十度近くにもなる猛暑の中で働くことに主治医が反対したので、会社は代わりの人間を送ってよこした。

　ジョーは新任のキャロライン・エヴァンスという女性について知りたかった。彼はすでにチームの他のメンバーが彼女についてこぼすのを聞いていた。彼女のことを〝ミス・ユニバース〟と呼ぶメンバーの口調は決して好意的ではなかった。民間人とはいえ、チーム内での摩擦が仕事に支障をきたすのは困る。全員が気持よく働けないとしたら、彼女の代わりの人間を送ってもらわなければならない。だれが残業しているにせよ、ジョーはその人間と話し、ミズ・エヴァンスが無事に到着したことを確かめ、チームのメンバーがなぜ彼女と働きたがらないのかを知っておきたかった。

　ジョーは開いていた戸口に近づき、一瞬そこに立って中の様子を観察した。中にはひとりの女性がいた。見たことのない顔だ。きっとこれが例の〝ミス・ユニバース〟だろう。もし会ったことがあれば覚えているはずだ。

　見ているだけなら、彼女は少しも苦にならない。それは確かだ。ジョーの姿勢がしだいにこわばり、全身の筋肉が緊張して警戒態勢に入った。疲れているにもかかわらず、急にアドレナリンがうなりをあげて血管を駆けめぐりはじめ、五感のすべてが鋭くとぎ澄まされた。ちょうどアフターバーナーを全開にして急加速するときの感覚だ。

　彼女は膝丈よりもかなり短い赤いタイトスカートをはいていた。靴を脱ぎ、椅子の背にもたれて、両足をデスクの上にのせている。ジョーはドアの枠に肩で寄りかかり、彼女のすらりとした脚をじっくりながめた。ストッキングははいていない。この暑さでは当然だろう。きれいな脚だ。きれいどころか、見事といってもいい。

　彼女はコンピュータからプリントした書類の束を膝にのせ、項目をひとつずつ目で追いながら、ときどき横に置いたテキストブックで何か調べている。頻繁に手を伸ばすかたわらのカップには、薄緑色の茶がかすかな湯気を立てている。髪は淡い金色で、額からきれいにかき上げられ、肩の上ではずんでいる。顔は片側しか見えないが、高い頬骨とふっくらした唇はわかる。

急に、ジョーは彼女を振り向かせたくなった。彼女の目を見て声を聞きたくなった。

「今夜はそれぐらいにしたらどうかな」彼は言った。

女は押し殺した叫び声をあげて椅子から飛び上がった。茶が片側にこぼれ、書類が反対側に飛び散り、長い脚が床に振り下ろされ、椅子がくるくる回転しながら部屋を横切ってファイリングキャビネットにぶつかった。まるで心臓の鼓動を押さえつけようとするように、彼女は胸に片手を押しあてて振り向いた。なかなか形のいい胸だ、とジョーは思った。胸にあてた片手がコットンのブラウスをぴったり肌に押しつけているので、それがよくわかる。

怒りの表情が稲妻のように彼女の顔をよぎって消えたかと思うと、目が丸くなった。「驚いたわ」彼女は押し殺した声で言った。「Ｇ・Ｉ・ジョーじゃない」

Ｇ・Ｉ・ジョーはあのバービー人形の男性版のことだろう。その皮肉を察し、ジョーは黒い眉を上げた。「大佐のＧ・Ｉ・ジョーだ」

「でしょうね」彼女はさも感心したように応じた。「いかにも大佐さんだわ。それに指輪持ち」彼女はジョーがはめている士官学校の指輪を指さして続けた。指輪持ちは士官学校の卒業生を指す言葉だが、ほめ言葉とは言えない。「どこかの大佐を襲って、記章を奪って、若づくりの美容整形をして、髪を黒く染めたか、さもなければすごく強力なコネのあるスポンサーに昇進させてもらったのね」

ジョーは表情を変えなかった。「単に仕事ができるってことかもしれないよ」

「実力の昇進?」そんなことはありえない、考えるのもばかばかしい、という顔だ。「まさか」

ジョーは自分に対して女性が示すさまざまな反応に慣れっこになっていた。ある者は魅了され、ある者はおじけづくが、必ずその根元には強烈な異性意識がある。それに好意とまではいかなくても、尊敬を要求する女性もよくいる。しかしキャロライン・エヴァンスの表情はそのどれとも違った。彼女はジョーから一瞬も目を離さず、ガンマンのように鋭い目でじっと見つめている。そう、それだ。彼女はまるで敵対者のようだ。

ジョーはドア枠から離れて真っすぐに立ち、片手を差し出した。今の状況を純粋に職業上のものにして自分の立場を明確にしよう。急にそう決意したのだ。「開発計画担当士官のジョー・マッケンジー大佐だ」軍務規則では、握手をするかしないかは女性が決めることになっている。男性士官は女性に対して決して自分から手を差し出すべきではない。しかしジョーは彼女の手に触れたかった。相手の意思に任せたら、そんな接触さえ許されない気がした。

彼女はためらわず、しっかりとジョーの手を握った。「ボイス・ウォルトンの代わりをつとめるキャロライン・エヴァンスです」二回ほど素早く手を上下すると、彼女は手を引っ込めた。

キャロラインは靴をはいていないので、身長はかなり正確に見当がついた。百六十センチ強。頭のてっぺんはジョーの鎖骨のあたりまでしかない。彼と目を合わせるためには見上げなければならないが、それでも体格の違いに臆《おく》する様子はまったくなかった。目は暗緑色で、それを縁どるまつげも眉も暗色だ。つまり彼女の金髪は染めたものらしい。

ジョーは床に散らばった書類を顎で示した。「なぜこんなに遅くまで働いてるんだい? しかも今日は君にとっては初日だろう。何か僕が知る必要のある問題でもあるのかな？」

「いいえ、私の知る限りは」キャロラインは答え、身をかがめて書類を拾った。「ただ、ある項目について再確認していただけです」

「なぜ？　なぜそうしようと思ったんだ？」

　キャロラインはいらだった目を向けた。「私はなんでも再確認しないと気がすまないたちなんです。家を出るときはオーブンやアイロンのスイッチが切ってあってドアに鍵《かぎ》がかかっていることを二度確認するし、道路を横切るときは左右を二度確認するわ」

「何か問題を見つけたわけじゃないんだね？」

「もちろんよ。それはもう言ったでしょう」

　照準装置に問題がないと聞いて安心したジョーは、再びキャロライン・エヴァンスをのんびりと楽しみながら観察しはじめた。彼女はデスクの引き出しからペーパータオルを取り出し、こぼれた茶をふき取っていた。身をかがめたりよじったりするしなやかな仕草がセクシーだ。それまで彼女のしたことすべてが、あからさまに挑むような目つきまでが、セクシーだ。ジョーの腰のあたりがこわばりはじめた。

　キャロラインは濡《ぬ》れたペーパータオルをごみ箱に捨て、靴をはいた。「お会いできてよかったわ、大佐」彼女はジョーを見ずに言った。「明日また会いましょう」

「宿舎まで送っていくよ」

「いえ、結構です」

　即座に無頓着《むとんちゃく》に断られて、ジョーはむっとした。

「もう遅いし、女のひとり歩きは危険だ。宿舎まで送るよ」

　とうとうキャロラインが腰に両手をあて、顔を振り向けてジョーを見た。「ご親切はありがたいけど、大佐、そういうご親切は迷惑よ」

「そういう親切？　いったいどういう親切だ？」

「利益より害になる親切よ。いいこと、あなたは私の上役なんです。あなたに送られているところをだれかに見られたら、きっと私は二日以内にいやみを聞かされることになるわ。あなたといちゃついているからこのチームにいられるんだろうって。そういうごたごたは起こしたくないの」

「そうか」言いながらジョーはふとひらめいた。「君は前にもそういう目にあったことがあるのか？　そんな容姿で脳みそまであるなんて、だれも思わないだろう」

　キャロラインが好戦的な目を向けた。「どういうこと？　そんな容姿って？　私はどう見えるの？」

　彼女ははりねずみのように怒りっぽい。それでもジョーは彼女の肩に腕をまわし、これからは僕が君のために戦ってあげるよ、と言ってやりたかった。でも相手はそんな仕草をありがたがらないだろう。自分でもなぜそうしたいのかわからない。キャロライン・エヴァンスはひとりでも十二分に戦っていけそうに見える。もしジョーが賢い人間なら、無難な道を選び、それ以上彼女の気分を害さないようにあいまいな言葉で応じただろう。しかし無難な道をとりたければ、そもそも戦闘機のパイロットなどにはならなかったはずだ。「魅力的に見えるよ」ジョーは言った。その目はしたたかで、きらきら輝き、欲望を宿していた。

　キャロラインは驚いたようにまばたきした。そして一歩あとずさり、「そう」と当惑ぎみにつぶやいた。

「自分が魅力的なことは知ってるだろう」

　キャロラインはまたまばたきした。「容姿は関係ないわ。あなたは新兵募集のポスターのモデルみたいだけど、それが仕事の妨げになったことはないでしょう？」

「僕は差別を弁護してるわけじゃない。君がきいたから答えたまでだ。君は魅力的だよ」

「そう」キャロラインは今や警戒の目つきでジョーを見ながら彼の横をすり抜けていた。

ジョーは彼女の腕に手をかけて止めた。温かくなめらかな肌の感触に心をそそられたが、ぐっとこらえて言った。「もしここの人間が君にいやがらせをしたら、キャロライン、僕に知らせてくれ」

キャロラインは腕に触れた彼の手に素早く目を向けた。「あ……ええ、もちろんよ」

「たとえそれが君のチームの人間でもだ。君たちは民間人だが、僕はこのプロジェクトの責任者だ。問題を起こす者はだれでも首にできる」

キャロラインは体に触れられて見るからにびくびくしている。ジョーはかすかに眉根を寄せて一分ほどじっと彼女を観察してから手を離した。

「本気で言ってるんだ」彼は声を和らげて続けた。「困ったことがあったら僕に言ってくれ。僕に送られたくない気持はわかるが、いずれにせよ僕も宿舎に帰るところだから方向は同じだ。君は僕より三十秒早く出発すればいい。そうすれば一緒に歩かずにすむよ。それならどうだい？」

「三十秒なんて大した時間じゃないわ」

ジョーは肩をすくめた。「それだけあれば三十メートルは差がつく。いやならやめたまえ」彼は腕時計を見た。「今から始めるぞ」

キャロラインは即座に背を向けて逃げ去った。逃げたとしか言いようがなかった。タイトスカートをたくし上げるようにして走り去ったのだ。ジョーはけげんそうに眉を上げた。三十秒後に彼がオフィスを出ると、いまだに走り続けているほっそりした人影が闇の中にぼんやり見えた。いったいなぜあの気丈な女が急におどおどした小娘に変わってしまったのかと、ジョーは宿舎に着くまで考え続けた。

　キャロラインは簡素な宿舎のドアをばたんと閉じて鍵をかけると、そこにもたれて大きく息をついた。まるで猛獣にでくわして命からがら逃げてきた気分だった。あんな人を放し飼いにするなんて、空軍は何を考えているのかしら？　ああいう人はペンタゴン内のどこかに閉じ込めておくべきよ。そうすればポスターには使えても、感じやすい女性たちを危険にさらすことはないわ。

　たぶん、あの目のせいかもしれない。レーザーのように鋭い水色の目。あるいは目の前に高々と立ちはだかったあの姿勢かもしれないし、がっしりした体の優美な力強さのせいかもしれない。あるいはあの低い声。〝魅力的だ〟と言ったときの、あの独特な声音。あの硬いほっそりした手の熱さ。あるいはそのすべてかもしれない。でもキャロラインを心底おびえさせたのは、彼が彼女を見つめたときの飢えた肉食獣のような目の光だった。

　あの目で見られるまではキャロラインも冷静だった。横柄でそっけなくて、いかにも鼻持ちならない女を見事に演じていた。これまではそういう態度をとれば男性は決して近づかなかった。どちらを取るかの問題だ。そういう態度をとれば男性の同僚と友達にはなれないが、彼らが異性として言い寄るのを防ぐことはできる。大学でも大学院でも就職したてのころも、男性の関心から逃れるためにさんざん苦労してきた彼女は、最初から不快な態度をとるのがいちばんだと学んでいた。それだけ経験があれば何があっても平然としていられるはずだ。なのにあのレーザーの目を持つマッケンジー大佐に見つめられ、ちょっとほめられただけで、冷静さも良識もなくしてしまった。屈辱的な敗北だ。

　博士を両親に持つということになる。キャロラインの両親はひとり娘のすぐれた知能を早くから見抜き、わが子にふさわしい教育を与えようと即座に措置をとった。キャロラインは小学校でもハイスクールでもあっという間に進級し、クラスではいつもいちばん年下だった。ハイスクールではデートなど一度もしたことがなかった。クラスメートより二、三年遅れて思春期に達した彼女は、ほかの生徒から見ればあまりにもやせっぽちで妙ちきりんでぎこちなかった。大学でもそれは同じだった。キャロラインが入学したのは十六歳の誕生日の直後だった。法的に性交渉の承諾年齢に達し、自らすすんで身を投げ出そうとしている美しい娘がまわりにうようよいるときに、正常な頭を備えた男子学生が、承諾年齢にも達しない幼い娘と出歩きたがるはずはなかった。

　孤立した寂しさから、キャロラインは勉学に没頭し、十八の年には最終学年を終えようとしていた。同じころ、クラスの男子学生たちは彼女がただのインテリではなく女性としての魅力も備えていることに気づきはじめた。このときばかりは彼女を守る年齢の壁もなかった。それまで同年代の異性とつきあったことのなかったキャロラインは、彼らにどう対処していいのかわからなかった。彼らはまるで、いきなり彼女に向かって粘着質の触手を伸ばしはじめた蛸《たこ》のようだった。キャロラインは面食らい、おびえ、ますます勉学の世界に引きこもり、とげのあるよろいを身に着けはじめた。

　キャロラインの場合、子供から大人への変身は、醜いあひるの子が白鳥に変わるような劇的なものではなかった。単にやせっぽちの少女が大人の女へと成長しただけだ。初潮は遅かった。まるで先へ先へと走り続ける頭とバランスを取るために体がわざとのろのろと進んでいるようだった。すべてはタイミングの問題だった。クラスメートが思春期を迎えているとき、キャロラインはまだ人形で遊んでいた。彼女が思春期を迎えるころには、クラスメートはすでに恋愛ゲームに熱中していた。肉体と感情の成熟度という点では、彼女は決してクラスメートにかなわなかった。そしてやっとデートしはじめたときには、もっとずっと進んだ関係に慣れている青年たちに体をなでまわされた。

しまいには、異性など近づけないほうが気が楽だと思うようになった。

だから今、天才的な知能指数を備え、レーザー技術と光学照準技術の専門家で、物理学の博士号まで持っている二十八歳の女が、ひとりの男に〝魅力的だ〟と言われてばかみたいにおろおろしているわけだ。

おぞましい。

それにちょっと怖くもある。なぜなら、マッケンジー大佐はこちらの思惑どおり反感を抱いたようには見えなかったからだ。彼はむしろ挑戦されて面白がるタイプに見えた。

キャロラインは額を手で打った。どうして気づかなかったの？　大佐はジェット機のパイロットなのよ。彼は普通の人とは違う。挑戦を生きがいにしている。大佐の関心を引かないようにするには、従順ななよなよした女になって、ちょっと愛想笑いでも浮かべるほうがいい。問題は、愛想笑いの浮かべ方がわからないことだ。大学院など行かずに花嫁学校にでも行けばよかった。そこで愛想笑いをマスターするまで何度でも愛想笑い入門講座を受け続ければよかった。

まだ間に合うかもしれない。今からでも優しいか弱い女を演じて大佐をだませるかもしれない。いえ、だめ……そんなことをしたら、そういう女性が好きな男性の関心を買ってしまう。あちらを立てればこちらが立たず。八方ふさがりだ。

ただひとつ残された道は、派手なけんかを仕掛けること。

宿舎に戻ったジョーは軍服を脱ぎ、人心地がつくまでゆっくりと冷たいシャワーを浴びた。七月の砂漠は猛烈に暑い。徹底的に体の水分を吸い取ってしまうので、目玉までひりひりする。しかしベイビーには厳重な警備が必要だ。ネバダのネリス空軍基地は警備が徹底している。不快な気候のもとで簡素な宿舎に寝起きしなければならないにもかかわらず、ジョーはその警備に感謝していたし、ベイビーの警備を早く解きたいとも思わなかった。国会で予算が通れば、ベイビーはマスコミの目にさらされることになる。しかし彼女の斬新さは外見ではわからない。デザイン自体はF二二と大して変わらないからだ。カリフォルニアのエドワード基地でなくネリスでテスト飛行ができるのもそのせいだ。昔からテスト飛行はたいていエドワード基地で行われてきた。だから基地周辺にはいつもせんさく好きな人間がうろついている。しかしここネリスでは常に多種多様の飛行機が演習に参加しているので、ベイビーが目立つ恐れはない。

基地で働く他のパイロットたちはF二二と似たような飛行機でテスト飛行が行われているのに気づいているはずだが、開発にたずさわる人間以外は夜の翼を間近で見ることは許されないし、ここネリスでは警備は日課のようなものだ。ベイビーの独自さはその皮膚と電子装置と兵器体系にある。彼女が公表されたあかつきには世界中のスパイ組織がにわかに活気づき、いっそう厳重な警備が必要になるだろう。これ以上厳重な警備など見当もつかないが。

ベイビーのことを考えていたジョーの頭に、ふとキャロライン・エヴァンスの姿が浮かんだ。あの小さなはりねずみを手なずけるにはどうしたらいいだろう？　彼はにんまりした。冷たい水を浴びているのに、急に肌がほてりだした。ジョーは水を止めてシャワー室を出た。もし彼女と一緒にシャワーを浴びたら、水が蒸気になるかもしれない。

　ジョーはエアコンの前に立って濡れた体を冷たい空気にさらし、全身に広がる身震いを楽しんだが、下半身の充満した感覚は大して薄らがなかった。彼はいかめしい顔でミズ・エヴァンスのことを頭から振り払った。体がだいぶ乾いて水滴がしたたらなくなると、裸のままキッチンに行き、手早くサンドイッチをつくった。服を着ないと心までのびのびとくつろぐ気がした。ジョーはそれまで人生の半分近くを軍隊で過ごし、常に規律の中で暮らし、軍服に身を包んできた。だから軍服は皮膚のように身になじんでいる。それでもまだどこかに原始的な部分が残っていて、ときどき〝もうたくさんだ〟と悲鳴をあげ、服を脱ぎ捨てずにはいられなくなる。

　ジョーはワイオミングの馬牧場で育ち、今でも休暇のたびに帰郷する。牧場の中でもいちばん気の荒い雄馬を乗りまわして一、二週間も過ごすと、原始的な衝動が満たされるのを感じる。しかし最近は夜の翼のプロジェクトにかかりきりで休む暇もない。だからせめて服を脱ぐしかない。今まで脱ぐのをしぶった服は飛行服だけだ。自分の時間をすべて空中で過ごせるとしたら、そんなにいいことはない。

　だがあいにく、地位が上がれば上がるほど飛ぶチャンスは少なくなり、責任やデスクワークにますます多くの時間を取られるようになる。ジョーが夜の翼のプロジェクトを引き受けたのは、単にベイビーを自分の手で操縦できるという確実な見込みがあったからだ。空軍は新しい飛行機の操縦を優秀なパイロットに任せたがっていた。だから起用されたパイロットはみな超一流だ。しかしそれ以上に、空軍は一流中の一流のパイロットの実際的な意見を聞きたがった。ジョー・マッケンジー大佐はいまだにパイロットの中でもはるかにぬきん出た存在だ。

ジョーは自分の技術をうぬぼれてはいない。必死の努力によって獲得した技術だからだ。もともと頭と視力と反射神経だけはよかったが、それ以外のものはすべて無数の時間を費やして勉学と練習を重ねた結果だ。体のすべての反応が即座に自動的に起こるようになるまで、フライトシミュレーターで何度も訓練を繰り返した。三十五歳の今も、彼の反応時間は飛行学校を出たての若者より短く、視力もいまだに二・〇以上ある。軍隊が許してくれさえしたら、ジョーはこれからもまだまだ飛べる。これまで異例の速度で昇進してきた彼は、あと一年もせずに将官の地位につくかもしれない。そうなったら、飛行士としての腕を維持するために必要な飛行時間をひねり出すのは至難のわざだ。

それがいやなら、今の職を退いて航空機製造会社のテストパイロットにでもなるしかない。そうすれば軍隊での経験は水の泡になる。ジョーは空軍が好きだし、やめたくはないが、地上にくぎづけになると思うと耐えられない。自然と機械を同時に手なずけなければならないあの難しさ、少しでもミスを犯せば死ぬかもしれないというあの緊張感がなかったら、人生はつまらない。

またキャロラインのことが頭に浮かんだ。彼女のガンマンのような目には別の種類の挑戦があった。あの目の色ははっきり思い出せる。大部分は暗緑色で、かすかに青がまじり、奥のほうに金色の斑点《はんてん》が光っている。ベッドの上で彼女に近づくと、その目が自分を見上げる。それを想像しただけで、ジョーの心臓は激しく素早く打ちはじめた。彼女を抱くときもきっとそうだろう。激しく素早く。

あの小さなはりねずみが子猫のように喉を鳴らすところを見てみたい。

2

　キャロラインは服を選ぶときは着心地のよさにこだわる。おかげで着替えにやたらに時間がかかることもある。ある服を着てしっくりこなければ、脱いで別の服を試す。毎朝、出勤前に椅子に座ったり、伸びをしたり、体をひねったり、腕を前後に動かしたりしてから、最後に両手を頭の上に上げ、今着ている服で一日中快適に過ごせるかどうかを確かめる。ごつごつした縫い目や体に合わない服のせいで気が散るのは我慢できない。

　女性のファッションはどうも気に食わない。どうしてデザイナーの大半は男性なのだろう？　男性が婦人服のデザイナーになるのを法律で禁じるべきだ。女性の服がどれほど着心地の悪いものか、男たちはまるでわかっていないし、気にかけてもいない。キャロラインはまだ思春期のころからそう思っていた。なぜ気にかけないかといえば、男たちはアキレス腱《けん》を縮めるような高いヒールをはいて何時間も立ち続ける必要がないからだ。暑苦しいストッキングをはいたり、ブラで体をしめつける必要もないし、時と場合に応じて体の一部を持ち上げたり分離したり胸を引き寄せて谷間をつくったりできるぴっちりした服を着る必要がないからだ。

　それにどうして女性の服は薄っぺらい生地でできているのだろう？　オフィスやレストランの室温はスーツ姿の男たちが快適に過ごせるようにたいてい低く保たれているというのに。これは二重の意味でばかげている。第一に、なぜ男たちは背広を着る必要があるのだろう？　男たちが首つりの綱みたいに首のまわりにくくりつけて、息をしたり食べ物をのみ込んだりする基本的な動作を妨げている、あのよろいの胸あての残骸《ざんがい》みたいなネクタイ。あれほどばかげたものがあるだろうか？　第二に、男たちが上着を捨てられないと感じているのなら、なぜ女たちにもそれを着ることが許されないのだろう？　キャロラインの考えでは、ファッションは愚かさと狂気の産物だ。論理の通じる世界では、だれもがジーンズとローファーとスウェットシャツを着るはずだ。

　世界を変えることはできないが、自分なりの快適さを追求することで自分の小さな領域をコントロールすることはできる。その日、キャロラインはふくらはぎの長さの白いギャザースカートを選んだ。ウエストはゴムになっている。その上にたっぷりした白いTシャツを着込み、メロン色と明るい緑青色のスカーフを二本、ベルト代わりにウエストに巻きつけ、かかとの平らな白い靴をはいた。涼しくて調和が取れて快適で、彼女の望むとおりの服装だった。

　夜の間にキャロラインはマッケンジー大佐のどこにそんなに当惑したのかを分析してみた。ほかの男たちはけたたましく言い寄ってきたけれど、それにはなんとか対処できた。それならあのどちらかといえば穏やかな大佐のひと言と、決して穏やかとは言えないあの目つきで、なぜあれほどうろたえたのだろう？　きっとあの目だ。あんな目は今まで見たことがない。ブロンズ色の顔に輝くアイスブルーのダイヤモンド。肌身にぐさりと突き刺さるほど鋭かった。そしてその目の持ち主はきっと今まで会ったどんな男性とも違うという気がした。

　自分があれほどうろたえた理由はいくつか考えられたが、これだと言いきれるものは見つからなかった。ともかくできるだけ冷静さを保って、すきを見せず、大佐と会うときには必ず別の人が一緒にいるようにするしかない。昨日、どうして大佐はもっと早い時刻に来なかったのだろう？　チームのほかのメンバーが働いているときに。そうすればゆうべはもっとよく眠れただろうに。

　キャロラインは部屋を見まわし、スイッチが全部切ってあることを確かめてから、スカートのポケットに手をやって鍵《かぎ》が入っているのを確認した。ポケットは必需品だ。キャロラインが着る服には必ずポケットがついている。なぜならハンドバッグも彼女の不平の種のひとつだからだ。どうして女性は一生ハンドバッグを引きずって歩かなければならないのだろう？　なぜ男性のようにポケットを持てないのだろう？　なぜならファッションに従えば、ポケットがあると服のラインが崩れるからだ。なぜなら女性は見かけを気にすると思われているから。なぜなら男たちが気軽な口調で〝これ、入れといてくれ〟と言いながら絶えず何かを手渡すから。自分で持ち歩くのが面倒くさいものだから。女たちが本当に解放されたいのなら、ブラジャーよりもハンドバッグを焼き捨てるべきだった。そのあとでハイヒールの靴も火にくべるべきだった。

　バッグを持ち歩かずにすむように、キャロラインは前日のうちに櫛《くし》や化粧品をデスクに入れてきた。いつ必要になるかわからないし、ハンドバッグが嫌いだからといって口紅までつけないわけにはいかない。彼女にも自分なりに維持したい基準はある。

　キャロラインはいつもいちばん先に出社する。その日も例外ではなかった。もともと朝は好きだけれど、砂漠の夜明けはまた格別だ。あらゆるものの輪郭がくっきり際立って見える。もう少しすれば、猛烈な熱気に風景がかすんでしまうけれど、今は申し分ない。キャロラインは鼻歌を歌いながらコーヒーをいれた。どんなに暑くても、彼女がこれまで働いてきた職場では常にコーヒーは必需品だった。

　キャロラインは蜂蜜《はちみつ》入りのロールパンの包みを引き裂いて電子レンジにほうり込み、十秒ほど温めた。

これで朝食のでき上がりだ。椅子に腰を下ろし、上の空でちびちびとパンをかじりながら、照準装置の前回のテスト結果に関するレポートを読みはじめた。

三十分後、カル・ギルクリストが入ってきた。デスクの前に座っているキャロラインを見て驚いたようだ。「早いな」彼は言いながら真っすぐコーヒーポットに近づいた。「食堂では見かけなかったね」

「ここでパンを食べたのよ」キャロラインは読み終わったレポートをわきに置いた。チームのほかの三人のメンバーの中で、カルはいちばん愛想がいい。実際、キャロライン自身よりも愛想がいい。カルは気だてがよくて、人なつこくて、仕事ができて、年齢はおそらく三十そこそこだが、まだ独身で、社交生活を積極的に楽しんでいる。キャロラインは以前にも彼と会ったことはあったが、同じプロジェクトで働いたのはこれが初めてだった。ふたりはそれぞれ別の会社に所属している。キャロラインはレーザー照準装置を開発したボーリング・ウォール社、カルはボーリング・ウォール社と提携して照準装置のコンピュータ・プログラムをつくっているデータテック社の社員だ。

「〇八〇〇時にまたテストがあるよ」カルがコーヒーを口に含みながら言った。「エイドリアンとイェイツが来たら、みんなでコントロール・ルームに行ってフライトの様子を見よう。今日はマッケンジー大佐が飛ぶはずだ。大佐はフライトのあと必ずコントロール・ルームに来るから、そのとき君を紹介するよ」

「もう会ったわ」キャロラインは応じた。「ゆうべ、私が引き上げる前に彼がやってきたの」

「あの人をどう思った?」

キャロラインは簡潔な答えを探そうと一瞬考えてから、やがて言った。「怖い人ね」

カルは笑った。「ああ、僕もあの人は怒らせたくないよ。戦闘機のパイロットは決まって大胆不敵なものだが、空中でも地上でもあの人だけには頭が上がらないらしい。マッケンジーは空軍一のパイロットだって、パイロットのひとりが断言してたよ。あの連中がみんな能なしでないことを思えば、すごいことさ」

　ほかのふたりのメンバーも出勤した。チームでは最年長のイェイツ・コルレスキは頭のはげかかった小柄でがっしりした男で、チームのリーダーをつとめている。エイドリアン・ペンドリーはキャロラインにとっては目の上のたんこぶだ。彼は背が高くてハンサムで、離婚歴があり、キャロラインがチームの一員になったことに頑として異を唱え続けている。キャロラインがボーリング・ウォール社で働きはじめたころ、彼女に言い寄り、冷たくあしらわれたことを今でも恨んでいるのだ。しかしエイドリアンは仕事ができる。だからキャロラインはたとえ彼の絶え間ない毒舌に耐えてでも一緒に働こうと腹を決めていた。

　エイドリアンは何も言わずに通り過ぎたが、イェイツはキャロラインのデスクの横で立ち止まった。

「落ち着いたかい？」

「ええ、ありがとう。それにゆうべは大ボスにも会ったわ」

　イェイツはにんまりした。「どう思った？」

「カルにも言ったんだけど、ちょっと怖い人ね」

「とにかくミスを犯さないことだ。さもないと、どれほど怖いかを思い知らされる」

「人間の過ちを認めないってわけ？」

「自分の愛機と部下のパイロットに関してはね」

　コーヒーポットのほうへ歩きだしたイェイツを見ながら、もしかしたらゆうべ私がパニックになったのは当然のことなのかもしれない、とキャロラインは思った。イェイツはかれこれ二十年も軍の仕事にたずさわってきた。その彼が一日置いているとすれば、マッケンジー大佐は並みの軍人ではないのだろう。うっかり口先で渡り合おうとした自分に、キャロラインは唇をかんだ。

四人は指定の時刻にそろって離着陸場へ向かった。そこでフライトの様子を観察するのだ。コントロール・ルームに入る前に全員のＩＤカードがチェックされ、警備の厳重さを思い知らされた。まわりには警備員がうようよいる。しかも夜の翼は現在行われているいくつかのプロジェクトのひとつにすぎない。ネリスでは民間人が大勢働いているが、いずれも身元や資格を完璧《かんぺき》に保証された人々だ。だからそこにいるということは、経歴や生い立ちを完全に調べられているということだ。もしかしたらキャロラインのファイルには子供のころいちばん好きだったコーンフレークの銘柄まで記されているかもしれない。

コントロール・ルームはにぎやかな部屋だった。ずらりと並んだモニターに、それを操作する人々。夜の翼は機体のほとんどすべての部分に従来の飛行機とは異なる画期的な改良がほどこされているので、さまざまな企業や軍の下請け会社の人々がテストの結果を見届けようとやってきていた。またパイロットの一団もいた。飛行服を着ている者もいるし、普段の制服姿の者もいる。キャロラインの姿を見ると、その中の数人がいっせいに口笛を吹き、ひとりがにやにや笑いながら両手で心臓を押さえた。

「ほれちゃったよ」彼は仲間に向かって言った。

「こいつの言うことは気にしないほうがいいよ」別のパイロットが言った。「今週はこれで三度めだし、まだ火曜日だ。まったく移り気で、困ったもんだ」

「でもハンサムさ」最初のパイロットが自己弁護した。「どうだい、べっぴんさん？　結婚して、ばらに囲まれたコテージに住んで、かわいい子供をつくらないか？」

「ばらアレルギーなの」キャロラインは言った。

「それに男にも」うしろでエイドリアンが彼女にだけ聞こえる声で言った。キャロラインは無視した。

「ばらのことは忘れてくれ」最初のパイロットがもったいぶって言った。シャツの名札にはオースティン・ディール少佐と書いてある。「僕は順応性があるんだ。それに楽しい。僕と一緒になればたっぷり楽しめるって、言ったっけ？」

スピーカーから低い声が流れてきた。まるでスイッチが入ったように、パイロットたちはぴたりと口を閉ざしてモニターを見た。キャロラインは一瞬遅れて気づいたが、それはコックピット内のカメラから送られてくる映像で、パイロットのしていることや見ているものを映し出していた。

「今日は四機飛んでいる」エリック・ピコロ中佐が状況を説明した。「夜の翼が二機にＦ二二が二機。現在製造されている機種の中で試作品のテストに使えるほど速いものはＦ二二だけだ。夜の翼はこれから応力テストをしたあと照準装置のテストに入る」

またスピーカーから低い声が聞こえてきた。簡潔で、事務的で、砂漠の上空を音速よりも速く突っ走っている男の声とは思えない。キャロラインの全身に身震いが走り、腕が鳥肌立った。

「ＭＩＬに移る」

「ＭＩＬに移る」別の声が応じた。

「ミリタリー・パワー・スロットル・セッティングのことさ」キャロラインの右隣に立っていたカルがささやいた。「エンジン推力を設定値かそれ以上に上げるんだ」

キャロラインはモニターに意識を集中したままうなずいた。見えるのは手袋をはめた手と、長い脚と、その間にあるスロットル・レバーだけだが、それでも自分が見ているのはほかのパイロットではなくマッケンジー大佐だという確信があった。彼の動きにはどこか特別なものがある。

パイロットは一連の複雑な飛行を試した。その間に機体の外板に取りつけられたセンサーが機体に加わる応力値を送信してきた。

「二十度アルファ」低い声が言い、コンピュータ画面に示されたデジタル表示を確認した。「三十……四十……五十……六十」

キャロラインのうしろに立っていたパイロットのひとりが緊張してつぶやいた。「きわどいな」

「アルファは迎え角、つまり翼弦と気流の角度だ」キャロラインの当惑した顔に気づいて、ディール少佐がささやいた。彼の顔も緊張している。「最も高性能の飛行機でも失速せずにがんばれるのは二十度程度だ。ベイビーを五十度まで傾けられたのは、ベクタード・スラストのおかげでコントロールがききやすいせいだが、X二九でさえ七十度以上ではコントロールがきかなくなったものだ」

「七十」冷静な声が言った。「七十五」

少佐の顔から血の気が引いた。コンピュータ画面の上で変化していく数字をまるで意志の力で変えようとでもするように、じっと見つめている。

「七十七……七十九……八十……コントロールがややあいまいになってきた。今日はここまでだ。水平飛行に移る」

「マッド・キャットはどうだ？」だれかがきいた。

「六十五だ」別のだれかが答え、みんながくすくす笑った。

「アルファか？　それともあいつの不安係数か？」

「僕は五十で冷や汗が出てきたよ」

「みんなでマッド・キャットをコックピットから抱き降ろさないといけないな。腰が立たないだろう」

「きっとブリードの脈は速まりもしなかったよ。何しろあの人の血は氷水だからね。純粋な氷水」

次に飛行機は急上昇と急下降を試した。気絶するのを避けるために脳に強引に酸素を送り込もうとしてパイロットが発するうなり声がスピーカーから聞こえてくるにつれて、またみんながあれこれ言いだした。ベテランのパイロットは普通でも六G程度まで意識がはっきりしているものだが、特別な呼吸法を行えば短時間なら九G程度まで耐えられることがある。

　大佐は今、一〇Gまで達していた。

「無理するな、無理するな」ひとりの大尉が声を殺してつぶやいた。

　ディール少佐は汗をかいていた。「もうやめてくれ。お願いだよ、ブリード。もうそのへんでやめてくれ」

「水平飛行に移る」スピーカーから冷静な声が聞こえてきた。キャロラインはそばにいる数人の口から静かなため息がもれるのを聞いた。

「あの男は生まれついての偏執狂だよ」先刻の大尉が首を振りながら言った。「あそこまで耐えられる人間なんているはずがない。時間は？」

「大して長くはないよ」モニターの前にいる少尉が言った。「一〇Gに達したのは〇・四秒程度だ。大佐は前にもやったことがある」

「僕ならそれだけ耐えられるのはせいぜい九Gまでだよ。しかも大佐は平然としゃべってた。やっぱりあの男は生まれついての偏執狂だよ」

「まったくだ。十年前はいったいどんなだったんだろうな」

「今と大して変わらなかったよ」ディール少佐が言った。

　次の一連のテストはレーザー照準装置に関するものだった。キャロラインはモニターににじり寄った。妙に胸がざわつくのを感じながら、必死で考えをまとめようとした。ウォルトンの交代要員になることを決めたとき、彼女はつけ焼き刃ながらジェット機についていくらか勉強した。その知識と、持ち前の専門的知識をもとにすれば、これまでのテスト飛行がどれほど危険なものだったかは正確に想像できる。あれだけ機体を傾けたらコントロールがきかなくなる恐れは十分にあったし、あれだけの加速度で急上昇したら、気絶したまますぐには意識が戻らずに、飛行機は真っ逆さまに砂漠に墜落していたかもしれない。まわりにいるパイロットたちの反応でもそれはよくわかった。

　エイドリアンがさっと彼女の前に立ち、視界をさえぎった。彼はキャロラインよりずっと背が高い。キャロラインは目の前の状況に注意を戻した。エイドリアンがわざとそうしたのはわかりきっている。今それを見過ごしたら、次にはもっとひどいことをするだろう。「悪いけど、エイドリアン」キャロラインは礼儀正しく言った。「あなたは背が高いから、私を前に立たせてくれない？　そうすればふたりとも画面が見えるわ」

　エイツが顔を上げ、ほほえんだ。エイドリアンのむっとした表情に気づかないか、あるいは無視しているのだろう。「それがいいよ。前に来なさい、キャロライン」

　照準テストは無難に進行した。今はまだ静止した目標をねらっているだけだが、照準装置のすべての機能が許容範囲の働きをした。画面にデータが流れ、だれもが各項目を素早くチェックして手元のリストに書き込んだ。

　飛行機は四機とも無事に着陸した。コントロール・ルームの雰囲気が急に明るくなり、みんながうきうきした調子で話しはじめた。レーザー・チームはピコロ中佐のまわりに集まり、他のテスト結果について話し合った。初め、キャロラインは中佐が専門的なことをよく知っているので驚いたが、そのうち驚くのはおかしいと気づいた。何しろ中佐もほかのパイロットたちもかなり前からこのプロジェクトに立ち会っている。それで知識を吸収しないとしたらよほどのぼんくらだろう。

「大佐はもっとききたいことがあるかもしれないが」と中佐は言った。「今の状況から見て、この装置が動く目標に対してどう働くかということをテストする段階に入ったようだね」

キャロラインは腰に腕が巻きつくのを感じ、凍りついた。さっと振り向くと、ディール少佐がにんまり笑いながら彼女の腰を引き寄せた。うしろでは他のパイロットたちがにやにやしながら見守っている。どの顔も歯科医総会のポスターのようだ。キャロラインはうろたえた。もう始まるなんて！

「さてと、べっぴんさん、今夜はどこで食事しようか？」少佐がきいた。

「手を離せよ、ダフィー」背後で穏やかな声が言った。「エヴァンス博士は僕と約束があるんだ」

だれの声かはすぐにわかった。たとえそのなめらかな低い声音に聞き覚えがなかったとしても、キャロラインは自分の体の反応でそれを察しただろう。心臓が激しく打ちはじめ、肺が急にしめつけられて、息をするのが苦しくなった。

みながいっせいに振り向いた。マッケンジーはまだ飛行服姿でヘルメットをわきにかかえていた。黒い髪は汗にびっしょり濡《ぬ》れて頭蓋《ずがい》に張りつき、目は加速度飛行のせいで血走っている。しかしふたりを見つめるその表情は冷静でよそよそしかった。

「先に見つけたのは僕だよ」ディール少佐は反論したが、腕をキャロラインの腰からはずした。「ひどいぜ、ブリード、ひと目見て決めるなんて……」

「いや、ひどくない」マッケンジーは言い、ピコロのほうに向き直って矢継ぎ早に質問を浴びせはじめた。

少佐はキャロラインを振り向き、考え込むような目で彼女を見つめた。初めて彼女が目に入ったという顔だった。実際そうなのかもしれない。それまで彼にとってキャロラインはただのきれいな女でしかなかったが、今はひとりの人間として見ざるをえなかった。「ブリードがこんなことをするのは初めて見たよ。十五年も前から知ってるのにね」ディール少佐は考え深げに言った。

「私はあの人のことは何も知らないわ」キャロラインは厳しい声で言った。「ゆうべ会ったばかりなの。いつもあんなに独裁的なの？」

「ブリードが？　独裁的？」少佐は唇をすぼめた。

「横暴ってことよ」キャロラインは言い添えた。

「ひとり勝手。専制君主」

「ああ、そういう独裁か。つまり、いつも強引に女をディナーに同伴させるのかってことだろう？」

「具体的に言えばそういうことね」

「いや。これが初めてさ。いつもは棒を振りまわして女を追い払ってるんだ。女はあいつに夢中になる。何しろ派手な仕事だからね。野性の魅力さ。とにかく女は制服に弱い。でも実際、中身は平凡で退屈なんだ」

「ダフィー……」静かな声がさえぎった。辛抱強く、それでいてどすがきいている。

少佐はキャロラインの肩越しに目を向け、にっこり笑った。「あんたのことをほめてたんだよ」

「聞いたよ」

マッケンジーはすぐ横にいたが、キャロラインは振り向こうとしなかった。前夜、自分を目立たせるようなことはしないでくれと頼んだはずなのに、次に会ったとたん、彼はキャロラインの首に〈マッケンジーの女〉と書いた札をつり下げるようなまねをした。キャロラインは彼の腹に拳《こぶし》を打ち込みたかったが、必死でこらえた。第一に、どんな問題も暴力ではめったに解決しないし、第二に、マッケンジーはプロジェクトの責任者だ。上司をなぐるのは賢明ではない。それに彼の体は鍛えた鋼鉄のようで、なぐったりしたら手の骨が折れるかもしれない。

　だからキャロラインは無難な道をとり、ディール少佐に意識を集中した。「ダフィー？　アニメに出てくるダフィー・ダックのダフィー？」

「違うよ」マッケンジーがまじめくさった顔で言った。「ペチュニアの親戚《しんせき》だ」

「フラワーチャイルドだよ」モニターを見ていた大尉が言った。

「そして……咲き誇る大ばか！」ほかの数人が声を合わせて言った。

「ペチュニア」キャロラインは繰り返した。「花。ダフィー・ディール。ダフィディール。水仙！」彼女はどっと笑い声をあげた。

　少佐がマッケンジーをにらみつけた。「僕にも昔は男らしい、いいニックネームがあったんだ。簡潔で、意味深で、挑発的なやつがね。ビッグさ。いい名前だろう？　大物ってわけだ。女たちは考えさせられたよ。これはただの言葉遊びかしら、それとも深い意味があるのかしらってね。ところがそのうち、この……このしらけ屋がダフィーとかペチュニアとか呼びはじめて、それが定着しちまった」

　マッケンジーがほほえんだ。目の片隅でそれをとらえたとたん、キャロラインが無視しようとしてきた体の反応が一気によみがえってきた。体が熱くなり、同時に冷たくなった。背筋を悪寒が走り抜け、肌がほてった。

「三十分後に僕のオフィスに来てくれないか、エヴアンス博士？」大佐は今度は質問口調で言った。キャロラインはむっとした。こちらの意向をきいているようで、そのくせ有無を言わせぬ響きがある。

　キャロラインは彼を振り向き、明るくほほえんだ。

「どうしてもとおっしゃるなら」

彼女の意図に気づいて大佐の目が光った。どうしてもと言えば公然と命令したことになる。だが彼はためらわずに応じた。「どうしてもだ」

「じゃ、三十分後に」

チームのオフィスに戻る途中で、エイドリアンがキャロラインの横に立ち止まった。「抜け目がないな」彼はいかにも憎々しげに言った。「大ボスとねんごろになれば、仕事でへまをしても許される」

キャロラインは真っすぐ前を見続けた。「私はへまはしないわ」マッケンジー大佐とはなんの関係もないなどと言ったところで無駄だろう。だから無駄な努力はしなかった。

カルがちらと振り返り、エイドリアンがキャロラインの横を歩いているのを見ると、歩調をゆるめてふたりと並んだ。「テストが複雑になるのは動く目標をねらいはじめてからだな。でもここまでは大して問題も起こらなかった。うまくいきすぎて怖いくらいだよ」

エイドリアンは何も言わず、ほかのふたりの先に立って歩き続けた。

カルが歯の間からかすかに口笛を吹いた。「彼は君のファンクラブの会長じゃなさそうだね。君が交代要員になると聞いたときに君の悪口を言ってたけど、まさかあからさまな敵対関係にあるとは知らなかったよ。何があったんだい？」

「馬が合わないだけよ」キャロラインは答えた。エイドリアンを責めてみても仕方がない。

カルは心配そうな顔をした。「僕らはチームとして円滑に機能しなければならない。さもないとマッケンジー大佐は全員を交代させるだろう。そうなれば僕らの職歴に汚点が残る。この仕事には期限があるんだ。軍は国会で予算が審議されるときに、議員や報道陣に対していいテスト結果を示したがっている。審議は数週間後のはずだ」

「エイドリアンのことは無視できるわ」キャロラインは請け合った。

「だといいけどね。僕はできるだけ緩衝剤になるつもりでいるけど、いずれは君たちふたりが一緒に仕事をしなければならないこともあるはずだ」

「仕事に関しては、私も彼もれっきとしたプロよ。個人的ないざこざを持ち込んだりはしないわ。でも、そこまで考えてくれてありがとう」

　カルはうなずき、そしてにんまりした。「ともかく、大佐はご執心てわけだ。ずいぶんあからさまだったね？」

「理由もないのに」キャロラインはむっつり言った。

「君の考えではそうでも、あの人の考えでは違うかもしれないよ」

　ばかげたことだが、キャロラインはマッケンジー大佐とふたりきりで会うのを楽しみにしはじめていた。いくつかはっきり言ってやりたいことがある。


約束の時間が来ると、キャロラインは大佐のオフィスの場所を人にきいてから、怒りに燃えた決然とした足どりで舗装路を横切った。

　オフィスの外のデスクにはヴァースカ曹長が控えていた。デスクよりプロのフットボール・チームのほうが似合いそうな筋骨たくましい青年だが、彼は気持よくキャロラインを出迎え、大佐の個人オフィスに招き入れた。

　マッケンジーはシャワーを浴び、夏用の軍服に着替えていた。その青い生地のせいで水色の虹彩《こうさい》がますます際立って見える。彼は椅子の背にゆったりともたれ、まるでキャロラインが爆発するのを待ち受けてでもいるように淡々と彼女を見つめた。

　相手が待ち受けているとわかっていても、キャロラインは怒りをぶつけたかった。そうすればどんなに気が晴れるだろう。しかし感情的になれば相手が有利になるだけだ。座れとは言われなかったが、キャロラインは勝手に腰を下ろし、脚を組んで椅子の背にもたれた。最初に駒《こま》を動かすのはあなたよ、とでも言いたげな仕草だった。

「君の身元調査ファイルを読んだよ」大佐は言った。

「すごい学歴だな。学校では常に同年代の学生の先を行き、十六歳で大学に入り、十八歳で理学士号を取り、十九歳で修士号を、二十一歳で博士号を取った。ボーリング・ウォール社は君を、世界とは言わないまでも国内で最もすぐれた物理学者のひとりとみなしている」

何を予期していたのかはわからないが、ともかくキャロラインが予想していたのは自分の業績を聞かされることではなかった。彼女は警戒の目を向けた。

「君は男とつきあったことがない」マッケンジーは続けた。キャロラインの頭の中で警報が鳴り響いた。彼女は姿勢を正し、相手の意図を推しはかろうと素早く考えをめぐらした。「ハイスクールの場合、君の年齢と学業の大変さを考えればそれもわからないではない。しかし大学でも大学院でも同じだった。君は今まで一度もボーイフレンドを持ったことがない。つまり、僕の部下のような荒っぽい男たちを扱うことにかけては経験がないということだ。君はディール少佐が腰に腕をまわしただけで動揺する」

キャロラインは何も言わずに彼を見つめ続けた。

「僕らは全員一丸となって働かなければならない。やることは山ほどあるのに時間はあまりないからだ。反感によって勤労意欲が落ちるのは困るし、部下のふるまいで君が不快な思いをするのも困る。彼らは男だ。しかも毎日死と隣り合わせの生活を送っている。彼らは乱暴で、横柄で、絶えず酒や女やばかげた曲乗り飛行で緊張をほぐさずにはいられない。彼らが君につきまとうのを防ぐひとつの方法は、この基地を交戦地帯に変えることだ。みんなが君を嫌って、君と働きたがらないようにするわけだ。だがそれでは仕事にならない。もうひとつの方法は、みんなに君は僕のものだと思わせることだ」

キャロラインは彼の言い方が気に入らなかった。

「ずいぶん原始的ね。ネアンデルタール人みたいに毛むくじゃらだわ」

「そうすれば君は彼らに悩まされずにすむ」マッケンジーは無視して続けた。「それどころか、彼らは君を守ろうとするだろう」

キャロラインは立ち上がり、オフィスの中を行ったり来たりしはじめた。「私はただほっといてほしいのよ。仕事に専念できるように。それがそんなに大変なことなの？　なぜうその関係を隠れみのにしなければならないの？」

「第一に、彼らはみな君ぐらいの年齢の女性なら当然やってきたはずのことを君もやってきたと思っているからだ」

キャロラインは大佐をにらみつけた。私ぐらいの年齢！　まるで今すぐにも老齢年金をもらえそうな年に聞こえる。

「連中は自分たちのふるまいが君をおびえさせるかもしれないとは思いもしないだろう。それに中には冗談半分ではなく、真剣に君に言い寄る者もいるかもしれない。もし君がそれをはねつければ、厄介なことにもなりかねない。僕が部下のだれかを懲戒処分にしなければならなくなった場合、開発計画に遅れが生じるはずだが、時間的にそんな余裕はない。僕には彼らが必要だし、君も必要だ。たとえ君がそれほど男にうといことを知っていたとしても、彼らはやはり君の下着にもぐり込もうとするだろう。それどころか、君が処女だとわかったら、ますます事態は悪化する。いちばんいいのは、君がだれかと深い仲にあるふりをして、彼らが近づけないようにすることだ。この基地の中で連中がなわばりを荒らそうと思わない相手は僕だけだ。だから今後、彼らの知る限り、君は僕のものだ。君はただ、彼らの前では僕に対して少しばかり親しげにふるまうだけでいい。まるで僕の首を切って皿にのせたがっているみたいににらみつけるのはよしてね」

「ついでにその口にりんごを詰めてあげたいわ」キャロラインはつぶやいた。そのとき初めて彼の言ったことがのみ込めた。彼女は屈辱に目を見開き、頬を真っ赤に染めて大佐を見つめた。処女だと言われたときに、なぜ笑い飛ばさなかったのだろう？　今からではもう否定しても遅すぎる。

マッケンジーはあいかわらず冷静なよそよそしい顔で見つめているが、目は細まり、妙に鋭い。

キャロラインはその目を見返すことができなかった。恥ずかしさにいたたまれない気分だった。彼女はわずかに残った平静心を振り絞った。「わかりました」それだけ言うと、またしてもこらえることができず、大佐の前からそそくさと逃げ出した。

3

キャロラインが逃げるように出ていったあと、ジョーはしばらく椅子の背にもたれたまま両手を頭のうしろで組み、引きしまった口の端に満足げな笑みを浮かべていた。

やはり彼女は処女だった。ただの推測だったが、大あたりだった。経験のある女ならあんなにどぎまぎしたり言葉に詰まったりはしない。かわいそうに。あれだけ頭がいいくせに、男とセックスにかけては赤ん坊も同然だ。おそらくまだ幼いころにどこかのばかな男に飛びかかられてすくみ上がり、それ以来、男性の関心を引かないようにああいうそっけない態度で応じるようになったのだろう。

　その日、ジョーは夜明け前からオフィスにいた。予定されているフライトのことよりキャロラインのことが頭を離れず、衝動的に彼女のファイルを取り寄せた。内容は興味深かった。キャロラインは学校に行きはじめたときから同年齢の生徒より上の学年に入れられた。当然、クラスの中では孤立し、勉学に没頭することでその寂しさをまぎらそうとしたが、成績が上がれば上がるほどクラスメートとの溝は深まった。もちろん、ファイルにはそうは書かれていない。ファイルに書かれているのは点数や業績や詳しい身元調査報告だけだ。身元調査によれば異性との交際歴は皆無となっているが、心理テストでも身上調査でも同性愛の傾向は見られない。職歴欄には彼女が何度か同僚と不仲になったことが記されていて、どの場合も相手は男性だが、物理学の分野で男性が大多数を占めることを考えれば、そのこと自体は大した意味はない。

　ジョーは前夜のキャロラインの態度を思い出し、考えはじめた。彼女があんなにとげとげしい態度をとったのは、幼年期から思春期を通じて社交面でも感情面でも肉体面でも常にひとりだけ孤立していたからだろうか？　同年代の生徒は彼女を避けたはずだし、年上のクラスメートは自分たちにくらべれば子供同然の人間とつきあいたいとは思わなかっただろう。彼女が肉体的に成熟し、年齢の違いなど問題にならなくなるころには、すでに一定の行動様式が確立していて、彼女が幾重にもまとったとげとげしいよろいをだれも打ち破れなくなっていた。

　男がキャロラインに近づくには、彼女自身が門を開くしかないが、それはありえそうにない。しかしダフィーが彼女の腰に腕を巻きつけたとき、彼女が緊張するのを見て、ジョーの頭にある考えがひらめいた。そして即座にそれを実行に移していた。

　キャロラインにとって仕事は重要だ。前夜、彼女はうわさの種になりたくないとはっきり言っていたけれど、それでも仕事のためとあれば、ジョーと親密な関係にあるというつくり話を受け入れるだろう。いずれにせよ、どんな状況でも彼女はきっとうわさの種になる。どこかにひっそりとまぎれているような女ではないからだ。ジョーと親密な関係にあるふりをしてゴシップに耐えるか、あるいは夜の翼の開発計画から降ろされる危険を冒すか、二者択一の選択を迫られて、彼女は前者を選んだ。それ以前にジョーは自分の言い分をまとめながら、彼女がそう答えることをはっきり予測していた。

これからはほかの男たちはキャロラインには近づかず、ジョーに戦場を明け渡すだろう。ジョーはその機会をフルに活用するつもりでいる。キャロラインは彼と一緒に過ごし、彼を知り、彼とくつろぐことを覚えなければならない。

彼女を誘惑することは、この上なく甘美な任務だ。あの小さなはりねずみをベッドで手なずけるのはきっとマッハ3の壁を破るより楽しい。

キャロラインは真っすぐオフィスに戻らなかった。きっと気まずい思いが顔に表れているはずだし、男のことは暇な時間に考えろなどとエイドリアンになじられるのは目に見えている。彼女は近くのトイレに駆け込み、個室に隠れて気持を静めようとした。

全身がぶるぶる震え、妙なことに、今にも泣きだしそうな気分だった。キャロラインはめったに泣かない。泣いても鼻が詰まるだけでなんの足しにもならないとわかっているからだ。もっと奇妙なことに、彼女はまたしても屈辱的なほど打ちのめされていた。そろそろ現実を直視すべきときだ。

キャロラインがそれほどおびえるのは、マッケンジー大佐が何かをしたからではない。怖いのは自分の気持だ。現実から目をそむけて事実を認めようとしなければ、知性などなんの価値もない。キャロラインは毒舌で男性をはねつけるという自分の能力を過信しすぎていた。大佐はそれにひるむどころか面白がっている！　もしかしたら、今まで男たちを遠ざけてこられたのは、自分自身が彼らに惹《ひ》かれなかったからかもしれない。呼吸がせわしくなるのも、パニックに陥るのも、心臓がどきどきしたり、おどおどふるまったりするのも、すべて性的な魅力のせいだ。もともと知性的なキャロラインは、それを本能的に避けようとしている。

すぐにそのことに気づかなかったのも無理はないと、キャロラインは自分に言い訳した。なぜなら、これまでそういう経験がなかったからだ。そういえば初めて車の運転席に座ったときも運転の仕方を知らなかったけれど、あれと同じことだ。人が異性の関心を引こうとしてときどきばかげたことをするのを見ると、いつも首をかしげてきた。でも今やっとその理由がわかった。性ホルモンだ。自分の生殖腺《せん》に裏切られたと思うと当惑する。

そして今、泥沼的な状況に引きずり込まれてしまった。真剣に考えればきっと何か別の解決策が見つかりそうな気はするけれど、頭が働こうとしない。たぶん活性化しすぎた性ホルモンの副作用だろう。結局のところ、頭で考えることと生殖行為とは無関係なのだ。

キャロラインは考えをまとめようとした。現実に、彼女は男たちに悩まされずに仕事に専念できるように、そして自分のせいで男たちが仕事に専念できなくなるのを避けるために、マッケンジー大佐と親しい関係にあるふりをすることに同意した。大佐は基地にいるすべての女性と深い仲にあるふりをするのだろうか？　なぜ私なのだろう？　こんなふうに中和しなければならないほど、私のどこがそんなに有害なのだろう？　自分でもそこそこ魅力があることは自覚しているけれど、妖婦《ようふ》とはほど遠い。

　そして大佐と親しいふりをするには、何をしなければならないのだろう？　おしゃべりや愛想笑い？　それぐらいならなんとかやれるだろう。ほかの女性がときどきやるように、恋にのぼせた鳩《はと》みたいな声は出したことがないけれど、やってやれないことはない。でも抱き合ったりキスしたりすることまで必要だと大佐が考えているとしたら、即座に芝居を中止しなければならない。そんな緊張にはとても耐えられないからだ。アドレナリンが全身を駆けめぐるような状態はあまり健康的とは言えない。

　でも状況はそれほど手に余るものではない。冷静さを失わず、大佐の言うことがどんなに理にかなって見えても疑ってかかれば、まず間違いはない。

　それだけ肝に銘じると、キャロラインは肩をそびやかして隠れ家を出た。舗装路を横切る間、砂漠の日差しに頭のてっぺんがかっと熱くなり、腕がほてった。周囲のものはすべてかげろうのようにゆらめき、絶え間なく離着陸する飛行機のジェット・エンジンの爆音が耳を直撃する。いたるところに飛行士が群がり、巨大な基地の仕事にいそしんでいる。その活気にキャロラインの気分も浮き立ち、自分が今最も進んだジェット戦闘機の開発にたずさわっているのだと思うと、ますます胸が躍った。

　キャロラインにとって仕事は常に万能薬だった。彼女は仕事が好きだし、熱心に取り組んでいる。ほかのことはどうあれ、仕事をしているときだけは、自分が優秀で、その場に溶け込んでいると感じられるからだ。仕事は心地よく身になじんでいる。エイドリアン・ペンドリーがそれを妨害しようと躍起になっているのは確かだが、マッケンジーにくらべればエイドリアンを無視するのは簡単だ。

　熱い大気から浮かび上がったように、大佐の日に焼けた鷹《たか》のような顔がふと目に浮かんだ。キャロラインは舗装路の縁につまずき、あわてて体を立て直した。まだマッケンジーを無視するのはあまりうまくできていないようだ。でもそのうちうまくやれるだろう。自分を守るためにはうまくやらなければ。

オフィスに戻ったときには、汗で服は湿り、髪は顔にこびりついていた。思ったとおり、エイドリアンがキャロラインを見てにやりと笑った。「ここはレスリングには暑すぎるよ。知らなかったのかい？　これからは週末にベガスででもやるんだな」

イェイツが目を上げ、顔をしかめた。キャロラインはそれに気づき、構わないわというように肩をすくめてみせた。

レーザーの開発はすでに完了していた。チームの仕事はトラブルが生じた場合にそれを解決することだ。その日のテストは無事に終了したので、テストの経過を見直す以外、大してやることはなかった。それが終わると、チームは次のテストについて検討した。動く攻撃目標を用いる最初のテストだ。このテストに使われる飛行機は、その日に使われた二機とは別のもので、その照準装置はすでに定期的に行われる整備作業の中で点検がすんでいる。すべてはキャロラインが基地にやってくる前に終わっていた。しかしその日飛んだ飛行機の照準装置は点検しなければならないので、イェイツとエイドリアンとキャロラインはつなぎの作業服に着替えた。カルはコンピュータのデータを再点検するために残った。

「これまでのところ、夜の翼の開発者たちが手がけてきた装置はすべてうまく機能している」格納庫まで歩きながらイェイツが言った。「僕が手がけたプロジェクトの中でも、こんなにスムーズに運んだのは初めてだよ」

「だからスタッフのだれかを侮辱してそれを台無しにするのはやめてほしいね」エイドリアンが言った。

イェイツが立ち止まり、さっと向きを変えて正面からエイドリアンを見た。「いい加減にしたまえ」

「事実を言ったまでだよ。彼女が一緒に働きにくい人間だって評判なのはあなたも知ってるでしょう」

「僕は自分の耳しか信用しない。厄介者はキャロラインじゃないよ。君たちもわかっていると思うが、マッケンジー大佐はうちのチームのだれであれ電話一本で交替させることができる。僕らの間のいざこざで仕事に支障が生じると思ったら、大佐は即座にそうするはずだ。そうなれば、ボーリング・ウォール社での君たちの立場は危ういものになる。君たちふたりともだ」

キャロラインは作業服のポケットに両手を深く押し込んだ。イェイツの怒りはエイドリアンに向けられているが、キャロラインは社内での自分の立場が不安定なことを知っていた。過去に二度ばかり同僚と問題を起こしているせいだが、そのうちの一度はエイドリアンが相手だった。もしかしたら今回エイドリアンと一緒に働くことになったのは一種のテストであって、今の職にとどまれるかどうかがそれにかかっているのかもしれない。

エイドリアンがキャロラインを振り向いてにらんだ。「彼女の邪魔はしないよ」やがて彼はつぶやいた。「彼女が僕の邪魔をしなければね」そしてさっさと歩きだした。

イェイツはため息をついた。彼とキャロラインはまた歩きだしたが、前よりのんびりした歩調だった。

「できるだけ無視することだね。君たちがそれほど敵意を抱き合っているとは知らなかったよ」

「私は敵意なんてないわ」キャロラインは驚いて言った。

イェイツが考え込むような目を向けた。「君はたぶんそうだろう。でも彼は違う。単に馬が合わないだけかい？　それとも何か僕が知っておくべき事情でもあるのかい？」

キャロラインは肩をすくめた。「大した秘密じゃないわ。私が入社したてのころにあの人に誘われて、それを断ったのよ」

「なるほど。プライドの問題か」

「深い仲になって別れたのならそれもわかるけど、個人的につきあったことなんて一度もなかったのよ。たぶんあの人は拒絶されるのが嫌いなのよ」

「それだけかい？　君はただデートの誘いを断ったのかい？」イェイツは疑わしげにきいた。

「いいえ。彼が言い寄ってきたの」

「で、君は……？」

キャロラインは真っすぐ前を見つめていたが、頬が赤らむのがわかった。「あの人は……つまり、かなり強引な口説き方で……わかるでしょう……私がそんな気はないと言ってもわかってもらえなかったのよ。初めはていねいに応じていたんだけど、話は通じないし、彼は手を離してくれなくて。だから、猿に飛びかかられたければ動物園で働いているわって言ってやったの」

イェイツは笑った。「ちょっと乱暴だが、効果的ではあるな」

エイドリアンに言った言葉はそれだけではなかったが、それだけ話せば十分だとキャロラインは思った。「あの人は自分が侮辱されたと思ったのよ」

「この仕事が終わるまでは仲よくしてもらわないと困るよ」

「わかるわ。何を言われてもやり返すつもりはないの。でももしまた飛びかかられたら黙ってはいないわ」

イェイツは彼女の腕をぽんぽんとたたいた。「そのときは何かで頭をなぐってやればいいさ」

本当にそうするわ、とキャロラインは思った。

三人はその日いっぱい二機の航空機の照準装置を点検して過ごしたが、問題は見あたらなかった。キャロラインは整備員たちが黒いなめらかな機体の中や下や上にもぐり込んでいく光景を見て、ガリバーの体に小人が群がっているところを連想した。格納庫の床ではいたるところに電線やホースが蛇のようにうねって交差している。

　エイドリアンは仕事以外の話はせず、キャロラインもそれで満足だった。エイドリアンは仕事ができる。彼がそれに専念している限り、キャロラインも彼と一緒に働くことに異存はない。もしかしたらイエイツの説教が効いたのかもしれない。

　ふたつの照準装置を完全に点検し終えたのは午後も遅くなってからだった。キャロラインは仕事が終わってほっとした。冷たいシャワーをゆっくり浴びたいという思いで頭はいっぱいだった。オフィスに戻ると、わざわざ作業服を着替えることもせず、自分の服をかき集めてから、何もかも鍵《かぎ》がかかっていることを確かめた。機密保護のため、デスクの上には何も残してはいけないことになっている。

　宿舎に着くと、キャロラインはエアコンをめいっぱい回転させ、しばし冷たい空気の前に立ってほっと息をついた。狭い部屋にも利点はある。すぐに涼しくなることだ。しかもふた部屋の宿舎をもらえたのだから運のいいほうだろう。ひとつは居間と食堂とキッチンを兼ねた部屋で、片側の半分には味もそっけもないソファーがひとつに、同じように味もそっけもない椅子が一脚、引っかき傷のついた模造木材のコーヒーテーブルが置かれ、別の半分には船の調理室のような狭いキッチンと、使い古したフォーマイカのテーブルと椅子が二脚置いてある。色は画一的なグリーンで統一されているらしい。この部屋は一辺が三メートル半ほどの大きさで、そのすぐ奥が寝室になっている。浴室つきの寝室は手前の部屋と同じ広さだ。ベッドはダブルサイズということになっているが、それほど大きくはない。でもひとり、で眠るのならそれで十分だ。家具は傷のついた整理だんすがひとつと、小さな衣装戸棚がひとつ、それに最低限の配管がやっと収まる程度の狭苦しい浴室がついている。浴室といっても浴槽はなく、小さなシャワー室があるだけだ。住むのに不足はないが、好きになれそうな部屋ではない。

　そこに移ってキャロラインが最初にしたことのひとつは、浴室の電球を、メークをするのに困らない明るさの電球に取り替えたことだった。おそらくこの浴室は基地の中でもいちばん明るい浴室だろう。そう思うとちょっといい気分だった。

　心に決めていたとおり、キャロラインはゆっくりと冷たいシャワーを浴びた。湯の栓をしだいに閉じていって体を冷たさに慣らし、しまいに水温を思う存分冷たくした。ほてった皮膚が水を吸い込むにつれて体が生き返るのがわかった。全身ぶるぶると震えはじめたところでやっとシャワーを止め、素早く体をぬぐい、ぶかぶかの綿ニットのパンツと大きなTシャツを着込んだ。まさに彼女が考える快適な服装の典型だ。

　さて、次は食事。最初からなるべく宿舎で食事をしようと決めていたので、すでに必要な食品はいくらか買い込んであった。戸棚の前に立って扉を開き、中にあるものを見ながら何を食べようかと思案しているとき、ドアにノックの音がした。

「どなた？」キャロラインは声を張り上げた。

「マッケンジーだ」

　いちいち名前を言わなくたってわかるわ。キャロラインは腹立たしい思いで考えながら、大またに部屋を横切ってドアを開けた。あの低い声で何かつぶやくだけで、彼だということはわかる。

　気を引きしめて戸口に立つと、むっとする熱気が毛布のように体を包んだ。「何かご用？」キャロラインは詰問口調できいた。マッケンジーは軍服は着ていなかったが、着古したジーンズとすり切れたブーツと白いＴシャツが妙に不安を誘った。パイロットの必需品である黒いサングラスのせいで目は見えない。キャロラインは困った。非番のときのマッケンジーの様子など見たくはなかった。

　ジョーは彼女の挑戦的な姿勢と険しい目つきに気づいた。明らかに、いつもどおりの態度をとるのがいちばんだと決めているようだ。ジョーはうれしくなった。キャロラインのそばにいるのはあまり快適ではないとしても、ひどく刺激的ではある。それを変えたくなかった。

「晩めしを」

　キャロラインは腕を組んだ。「あなたに食べさせるつもりはないわ」

「僕が君に食べさせるんだ」ジョーは穏やかに言った。「忘れたのか？　君は今夜は僕と過ごすことになっている。もしそうしなければ、明日にはみんなの耳に入る」声を穏やかに保ち、視線を相手の顔にとどめておくのは容易ではなかった。明らかにキャロラインはノーブラだ。薄いＴシャツの布地を透かして、突き出した胸の輪郭と乳首の色が見える。つのっていく興奮に、ジョーの大きな体の筋肉という筋肉がこわばった。「ただのチーズバーガーだよ」ジョーはおびえた雌馬をなだめるときの声音で優しく言った。「君は服を着替える必要もない。ただ靴をはいて、僕と一緒に基地を出て、ハンバーガー屋を探すだけだ」

　キャロラインはためらった。二種類あるコーンフレークのうちどちらかを食べようと思っていたところだけに、チーズバーガーには心をそそられた。

「いいわ」キャロラインは急に心を決めた。「ちょっと待って」それだけ言うと寝室に飛び込み、サンダルをはき、髪をとかした。鏡の中から洗いたての顔が見返していた。一瞬、化粧をしようかと思ったが、肩をすくめて思い直した。チーズバーガーが待っている。

寝室を出る直前、ブラを着けていないことを思い出し、キャロラインはあわててそれを着けた。マッケンジーに気づかれたとは思わないが、用心するに越したことはない。

ジョーは宿舎の中には入らず、先刻と同じように開いたドアの外に立っていた。キャロラインはドアのロックをまわし、外に出てしっかりとドアを閉ざすと、ノブをまわして鍵がかかったことを確かめ、それから鍵をポケットにしまった。

ジョーの車は男性的な黒い小型トラックだった。ドアを開ける彼を、キャロラインは驚いた目で見つめ、そして座席に乗り込んだ。「あなたはトラックを乗りまわすタイプには見えなかったわ」ジョーがハンドルの下に長い脚を滑り込ませる間、キャロラインは言った。

「僕はワイオミングの馬牧場の育ちでね。トラックはそのころから乗りまわしてるよ。どんな車に乗ると思った？」

「低くて赤くて派手な車よ」

「ぶっ飛ばすのは空だけにしてるんだ」アイスブルーの目がちらとキャロラインを見た。「君の車は？君は飛行機で来たから、今はレンタカーを使っているはずだけど、それは別にしての話だ」

キャロラインは座席の背にもたれた。座席が高くて前がよく見えるのは気分がいいし、刻一刻と緊張がほぐれていくのがわかった。もしかしたらトラックのせいかもしれない。あまりにも色気のない車だから。「なんだと思う？」

「安全で着実なやつだろう」

「そう」

やや不満げな口調だ。ジョーは笑みを押し殺した。

「違った？」

「ちょっとね」

「じゃ、何に乗ってるんだ？」

キャロラインは顔をそむけ、窓の外を見やった。

「低くて赤くて派手な車よ」地味で保守的な車など絶対に買いたいとは思わなかった。彼女が求めたのはパワーとスピードとすぐれた操作性能だ。それを得るために、ちょっとした大金をはたいた。

「どれぐらい派手？」

「コルヴェットよ」キャロラインは言い、急にくすくす笑いだした。なんと対照的なふたりだろう。

ジョーはまたキャロラインを見た。見ずにはいられなかった。人づきあいはへただし、世捨て人のように学問の世界だけで生きてきた女なのに、心の奥の炎は隠しようがない。身のこなしや服装に表れる無意識のセックスアピールや、かっとなりやすい性格や、冒険的な愛車でそれがわかる。今もお行儀よく助手席に座ってはいるけれど、開いた窓から吹き込む熱い風に顔をきっともたげている。ジョーの心をそそるのは、彼女のそういう激しさだ。ふいにジーンズが窮屈に感じられ、彼はもじもじと体を動かした。

ゲートで検問をすませると、ジョーは車を西に向けた。目の前に日没の空が赤と金色に輝いていた。キャロラインはとりたてて話をしたがってはいないようだ。ジョー自身も黙っていて気詰まりな気はしないので、そのまま沈黙を続けた。

キャロラインは数分ごとにジョーの顔を盗み見ずにはいられなかったが、ちらりと見ては、またすぐに夕焼けの空に目を戻した。Ｔシャツの袖《そで》からのぞいた彼のたくましい腕は砂漠の日に焼けて褐色になっている。その盛り上がった筋肉を見て、キャロラインはかすかにおじけづいた。パイロットが定期的に筋肉トレーニングをしているのは彼女も知っている。筋肉がついていたほうが加速度に耐えやすいと思われているからだ。しかしジョーのたくましさはどこか独特だった。彼には豹《ひょう》やおおかみを思わせる力強さがある。長年仕事で体を使ってきたせいだろう。彼の横顔は金色の夕日に縁どられ、鋭い骨格が情け容赦なく際立って見える。くっきりとして荒々しいその顔は、コインに刻まれた太古の戦士のようだ。

キャロラインは鼻梁《びりょう》の高いほっそりした鼻や、広い額や、鋭く突き出た頬骨を見つめた。口は残忍なほど輪郭がくっきりしている。軍隊風に短く刈られた豊かな黒い髪が熱い風に吹きなぶられるのを見ているうちに、ふと目の前の男が大昔の戦士のように長い髪をむき出しの広い肩の上にそよがせている姿が思い浮かび、キャロラインの視界がぼやけた。心臓が痛いほど激しく打ちはじめるのを感じて、あわてて目をそむけたが、無駄だった。心の目にはまだジョーの姿が見える。一分とたたないうちに、彼女は腹を決めた。どうせ目をそむけても見え続けるのなら、無駄な努力はやめて目を楽しませてやろう。

キャロラインはジョーのほうに顔を向け、彼の広いたくましい胸から平たい腹へとむさぼるように視線を滑らせた。そうせずにはいられなかったのだ。しかし彼のジーンズのジッパーを見つめ続けるほどの度胸はなかったので、長い引きしまった脚に視線を移した。

キャロラインはいきなり言った。「あなたの体はコックピットには大きすぎるんじゃない?」

ジョーは一瞬道路から目を離して彼女を見たが、サングラスのせいで表情は見えなかった。はずしてくれればいいのに、とキャロラインは思った。「確かに窮屈だが」彼は低く間延びした声でうなるように言った。「いつもなんとか押し込んでるよ」

その言葉の性的な含みに、キャロラインは頭をがんとなぐられたような気がした。いくら経験がないといっても、彼女は無知ではない。ジョーの言いたいことは明らかだ。今度はキャロラインも彼がサングラスをかけていてくれてよかったと思った。彼の表情を見たくなかったからだ。彼女は両手で顔をおおいたかった。トラックから飛び降りて、安全な自分の宿舎まで逃げて帰りたかった。私は気でも違ったの？　こんな人とトラックに同乗するなんて。今私たちはネバダ砂漠の真ん中にふたりきり。夕焼けの空は刻一刻と紫色に変わっていく。

そのときキャロラインは思い出した。怖いのは自分の反応であって、相手が何かをしたからではない。手遅れにならないうちにはっきり拒絶すべきかしら、と彼女は惨めな思いで考えた。私があんなにじろじろ見たあとだから、今ごろ彼は下着を着けたままで基地に帰るべきかどうか迷っているかもしれない。でもパイロットというものは、特に軍のパイロットは女癖の悪さで定評があるくらいだから、この人も大して我慢はしないかもしれない。もしかしたら私がこの人にこれほど惹かれるのは、この矛盾のせいかもしれない。冷ややかなよそよそしい態度と、その下にくすぶった強烈な性衝動。そしてもしかしたら、運がよければ、この人は私の内心の動揺などまるで気づいていないかもしれない。

ジョーは日差しから目を守るためにサングラスをかけていてよかったと思った。おかげで気づかれずに相手を観察できる。あいにくキャロラインはブラを着けているが、その薄い生地は小石のように硬くなった乳首を隠しきれない。彼女は興奮している。そしてそのことにうろたえている。ジョーには彼女の緊張が感じ取れた。じっと座ったままの体がかすかに震えているのがわかる。ジョーは再びふくれ上がった乳首に目を戻し、その硬いつぼみを口に含むところを思わず想像して、ハンドルを握りしめた。本当に感じやすい女だ。そのくせそれを自覚していない。みだらな言葉でこれほど興奮するとしたら、実際に抱いたときにはいったいどうなるのだろう？

興奮しているのはキャロラインだけではなかった。もしもう一度彼女の乳首に目を向けたら、ジョーは道ばたに車を止めるはめになるかもしれない。でもキャロラインにはその覚悟ができていない。過ちを避けるために、ジョーはひいきにしているドライブスルーのハンバーガー屋に着くまで二度と彼女を見なかった。適度にいかがわしい面白い店だ。

ジョーはスピーカーの横で車を止め、エンジンを切ると、サングラスをはずしてダッシュボードの上に置いた。「君は何が欲しい？」

その言い方にキャロラインはまた動揺した。彼女はスピーカーの上に張ってあるメニューを見ようと身をかがめたが、食べ物に集中できない自分にいらだった。あたりにはハンバーガーやフライドオニオンやフレンチポテトのおいしそうな匂《にお》いが充満している。不健康な食べ物に限って必ずいい匂いがするのはどういうわけだろう？「チーズバーガー・バスケットとラージサイズのソフトドリンク」

ジョーがスピーカーのボタンを押し、小さな声が応じるのを待って、チーズバーガー・バスケットをふたつ注文した。それから運転席の隅に広い肩を押し込むようにしてキャロラインのほうに半ば体を向けると、さりげない声で言った。「基地に戻ったら君にキスするよ」

キャロラインは目を丸くして彼を見つめた。また心臓が狂ったように打ちはじめた。「私のチーズバーガーには玉ねぎもたっぷり入れてもらって」

「襲いかかったりはしないから心配しなくていいよ」ジョーは無視して続けた。「ドアの前でちょっとキスするだけだ。通りがかりの人間に見られるようにね。たぶんだれか通るだろう。君がいやなら、腕をまわしさえしないよ」

「キス自体してほしくないわ」キャロラインは言い、助手席の隅に体を押しつけて、広い座席のはるか向こうにいるジョーをにらみつけた。

「でもするよ。しないのはおかしい」

「おかしくたって構わないわ。今夜あなたと出かけることに同意したのは、それでほかの人たちを遠ざけておけると思ったからよ。でもキスには同意していないわ」

「キスは嫌い？」

キャロラインはふくれっつらで彼をにらんだ。いいえ、好きよ、でもあなたとはしたくないの、と答えれば完璧《かんぺき》だろう。しかしその完璧な答えは真っ赤なうそだ。ジョーとキスをすることを考えただけでビクトリア時代の少女みたいに胸がどきどきするのだから、そんなうそはとてもつけそうにない。うそがうまくつけるのは、ある程度超然としているときだ。

かといって、本心を明かせば最悪の答えになる。そう、キャロラインはこれまでやみくもに強引に押しつけられた湿っぽいキスはどれも好きではなかった。いつもキスされまいとして野生の猫みたいにもがいていたからだ。でもジョーとキスをすることを思うと頭がくらくらする。やみつきになるのではないかと不安なほどだ。

キャロラインが答えないので、ジョーが静かに言った。「宿舎に着いたら、君はドアを開け、僕に向き直って片手を差し出す。僕はその手を取り、身をかがめて君にキスする。長いキスじゃないが、あまり短すぎてもだめだ。君には三秒もあれば十分かな？ そのあと僕は君の手を離し、おやすみと言う。ああいう忙しい基地ではそれを目撃する人間が何人かいるはずだ。あのふたりは熱烈な関係ではなさそうだが、間違いなくつきあってはいるらしい。そういううわさがきっと広まるよ」

キャロラインはせき払いをした。「三秒？」大した長さではなさそうだ。三秒ぐらいならなんとか恥をかかずに耐えられるだろう。

「三秒きっかりだ」ジョーは請け合った。

4

チーズバーガー――玉ねぎなしの――とフライドポテトはおいしかった。それを食べながら、キャロラインは子供のころ母の弟夫婦の家に泊まったときのことを思い出した。夫婦は彼女の両親より十歳ほど年下で、リー叔父はいつもキャロラインが食べられるいちばん大きなハンバーガーとアイスクリームをごちそうしてくれた。叔父夫婦の家に泊まるのを許されることはまれだったし、家ではハンバーガーやアイスクリームは食べさせてもらえなかった。せいぜいシャーベットかフローズンヨーグルトだ。リー叔父がいなかったら、キャロラインはジャンクフードの楽しみを知らずに大人になっていたかもしれない。だから今でもそれを食べるたびに特別のごちそうを味わっているような気がする。

チーズバーガーを食べ終わると、ジョーがゆっくりと笑みを浮かべて言った。「スロットマシンはやったことがある？」

「いいえ。カジノには一度も行ったことがないわ」

「じゃ、行ってもいいころだな」ジョーはトラックを出し、間もなくふたりはラスベガス大通りに入った。道の両側には色とりどりのネオンサインがどこまでも続いていた。ネオンは点滅し、矢印をつくり、滝のように流れ落ち、果てしない光のシャワーとなってはじけながら、通行人に向かって、さあお試しあれと誘いかけている。もちろん、いちばん人が群がるのは大きなカジノだが、ただぶらぶらと通りを歩いている人もたくさんいる。てぐすね引いて待ち構えるこの町のすべてを見ようと腹を決めている観光客たちだ。ショートパンツをはいている人もいれば、正装で身を固めた人もいる。

「賭事《かけごと》は好き？」キャロラインはきいた。

「僕は賭はしないよ」

キャロラインは鼻であしらった。「命にかかわる賭以外はね。私は今日、コントロール・ルームにいたのよ、忘れたの？　迎え角を八十度、加速度を十Gまで出すのはとても無難な生き方とは思えないわ」

「それは賭とは違うよ。ベイビーは無制限の迎え角が出せるようにつくられてはいるが、僕らが操り方を知らなければ彼女の能力は役に立たない。僕の仕事はベイビーができるはずのことをさせること、彼女の能力をとことん試して機能させ、限界を見定めることだ。F二二ですでにやってきた以上のことをやらなければ、それはできない」

「ほかのパイロットはだれもそこまで限界を広げようとはしていないわ」

キャロラインを見たジョーの目は冷静そのものだった。「これからはするよ。ベイビーがああいう条件で機能できることがわかった今はね」

「あそこまでやったのは、ただそれを証明するためなの？」

「いや。あれが僕の仕事だからね」

そしてそれが好きだから。その考えがキャロラインの頭の中で反響した。昼間ジョーがフライトを終えてコントロール・ルームに入ってきたとき、キャロラインにはそれがわかった。彼は疲れて汗まみれで、目は血走り、表情はよそよそしかったが、その目つきには本心が表れていた。彼の目は荒々しく、しかも……意気揚々として、命の炎がまぶしいほどに燃えたぎっていた。

ジョーが車を止め、ふたりはのんびりと歩道を歩きだした。「今日はついてる気がする？」

キャロラインは肩をすくめた。「ついてる気分てどういうの？」

「試してみようか？」

キャロラインはあるカジノの開いた戸口から冷たい空気が吹き出してくるのを感じ、入口の前で立ち止まった。入口から奥までスロットマシンがずらりと並び、歩道にもはみ出している。そのほとんどの台の前に人が座り、貢ぎ物のコインを機械的に投げ込んでは、レバーを引いている。ときどき、よくぞがんばったとばかりコインがじゃらじゃらと出てくるのを見て歓声をあげる者もいたが、大多数は機械に金を吸い取られていた。

「割に合わないわね」数分ほど観察したあとで、キャロラインは言った。

ジョーが静かに笑った。「それは問題じゃないよ。負ける金がないなら賭《か》けるな。それが第一の鉄則だ。そして第二の鉄則は楽しむこと」

「みんな楽しんでるようには見えないけど」キャロ

ラインは疑わしげに言った。

「第二の鉄則を忘れているからだよ。たぶん第一の鉄則もね。さあ、入ろう。賭け金は僕が出すよ」

しかしキャロラインはすぐには応じず、だれかがしばらく前からまったく反応を示さない台にさじを投げて立ち去るのを待った。確率論からいえば、そういう台のほうがたった今コインを吐き出した機械よりもうかる確率は高い。キャロラインはその台の前に腰を下ろし、ばかばかしいと思いながら二十五セント硬貨を投入した。ジョーはそのうしろに立ち、おいはぎ機械が少しも報酬をもたらさそうとしないのを見てかすかに笑い声をもらした。五ドルほどつぎ込んでなんのもうけも得られなかったとき、キャロラインは機械にばかにされているような気がしてきた。口の中で脅し文句をつぶやきながら同じ手順を再び繰り返したが、やはりだめだった。

「第二の鉄則を忘れないように」ジョーがおかしそうな声でくぎを刺した。

「そんなものどうだっていいわ、とキャロラインが言うと、彼はくすくす笑った。

キャロラインはスツールを台に近づけ、二十五セント硬貨を一枚投入した。レバーを引くと、絵が回転しはじめ、やがてひとつずつ止まった。ベルが鳴り響き、下の穴からコインが流れ出して床にこぼれ落ちた。キャロラインがさっと立ち上がり、銀色のコインを見つめている間に、ほかの客たちがまわりに群がっておめでとうと叫び、笑みを浮かべた従業員が近づいてきた。キャロラインはびっくりした顔でジョーを見た。「こんなにたくさん、ポケットに入らないわ」

ジョーは頭をのけぞらせて笑いだした。そのたくましい褐色の喉を見ているうちに、キャロラインは突然めまいを覚えた。またあのくらくらするような感覚に襲われたのだ。

カジノの従業員が笑みを絶やさずに言った。「なんならコインを紙幣に交換しますよ」

交換してみると思ったほどの金額ではないので、キャロラインはほっとした。ほんの七十ドルあまりだ。キャロラインは賭け金をジョーに返し、残りの紙幣をポケットに押し込んだ。

「楽しんだ？」カジノを出ながらジョーがきいた。

キャロラインは一瞬考えた。「まあね。でもあの機械にちょっと恨みを抱きはじめていたところだったの。たぶん私はギャンブルに向いていないのよ」

「かもしれないね」ジョーは同意し、キャロラインの手をつかんでそっとわきに移動させた。前を見ずに歩いていた男が彼女にぶつかりそうになったからだ。しかしそのあともジョーは手を放そうとしなかった。

キャロラインは握り合った手を見下ろした。ジョーの手は大きくて硬くて、指は細く、手のひらの皮膚はまめができて厚くなっているが、自分の強さを意識しているのか握り方は慎重だ。だれかと手をつないだことなど一度もなかったキャロラインにとって、手のひらが触れ合うのは驚くほど親密な感触だった。異性を恐れるあまり、多くの心地よい体験をしそこなってきたことに彼女は気づきはじめていたが、そもそもそうしたいと思ったことがなかったのだ。それまではだれに言い寄られても、退屈か、無関心か、まったくの嫌悪しか抱けなかった。

手を振りほどこうと思えばできないわけではなかったし、実際それがいちばん無難な方法だったが、なぜかキャロラインはできなかった。だから自分の手が隠れ家を見つけた小鳥のようにぬくぬくとたくましい手の中に収まっていることなど意識していないという顔で、内心その一瞬一瞬を味わった。

とうとうトラックの前に着いたとき、キャロラインはまだ帰りたくないと思っている自分に気づいた。

それをデートと呼べるとすれば、彼女にとっては初めてのデートだ。それが間もなく終わろうとしている。

車で基地に帰る間、ふたりは話をしなかった。キャロラインは目前に迫ったキスのことを考えずにいられなかった。怖いくせに、胸がわくわくする。またしても初めての体験だ。自ら同意して待ち受ける初めてのキス。怖くなって逃げ出すか、相手の腕に身を投げ出すか、見込みは五分五分だ。

その答えはあまりにもすぐにやってきた。ジョーが宿舎の前で車を止め、トラックのまわりをまわって助手席のドアを開けに来た。かなりの数の人間がそばを通りながらふたりのほうにちらちらと視線を向けている。ジョーがそういう状況をしっかり計算に入れていたことはキャロラインも知っていた。

キャロラインは鍵《かぎ》を取り出し、ドアを開けると、向きを変え、頭上の電灯の無色の光の中で正面からジョーを見つめた。彼女の目は真剣で無防備で、ジョーの目は氷のように光っていた。

「手を差し出して」ジョーがそっと言い、キャロラインは従った。

硬い温かい手がキャロラインの指を包み、ジョーが身をかがめながら彼女を引き寄せた。彼の唇が軽く触れて持ち上がり、また触れた。唇がうまく重なるようにジョーがかすかに首を傾けた拍子に、なぜかキャロラインの唇が開き、彼の唇の形にすんなりと従った。

ジョーの口は温かく甘く……そして男の味がした。彼の匂《にお》いに包まれて、キャロラインはぞくりと震えた。ジョーの唇はそっと動き続ける。その舌の先がじらすように動きだしたとたん、キャロラインは身を固くした。好きでもない相手に厚かましくキスされたときの気持を思い出したのだ。しかし今のキスはそれとは大違いだった。強要されているというより誘われている気分だ。五感が彼の匂いに満たされ、体の奥から温かな快感がぞくぞくとこみ上げてくる。キャロラインがかすかに声をあげながら口を開くと、ジョーがゆっくり忍び込んできた。

その強烈な肉感的な感触に、キャロライン自身も強烈に反応した。気づいたときには再びすすり泣くような声をもらし、なぜか彼に体をぴったりと押しつけて首をのけぞらせ、深く深く誘い込んでいた。それに応じて容赦なく押し入ってくる男の力に、キャロラインは圧倒された。体が溶けてほてり、胸はこわばってうずいている。ジョーの硬い胸に触れて、うずきは和らぐと同時に鋭さを増した。体の奥で快感の渦が高まるにつれ、腰までほてりだした。彼女は命綱のようにジョーの手を握りしめていた。

ジョーはゆっくりと唇を離したが、それが精いっぱいだった。彼はこらえきれず、一瞬のうちにぬくもって敏感になった無邪気な柔らかい唇からさらに二、三回素早くキスを奪った。しかしそこでキャロラインの手を放し、退くしかなかった。約束したのだ。そのまま暗い宿舎の中に彼女を押しやって、床に引き倒し、素早く性急に奪いたい気持は山々だったが、今ここで我慢すれば、未来の報酬ははるかに甘美なものになる。だからジョーはせわしく荒くなった息を押し静め、血管を駆けめぐる激しい血の流れを抑えようとした。

「三秒だ」ジョーは言った。

彼を見上げたキャロラインの目はぼんやり曇り、体はかすかに揺らいでいた。「ええ」彼女はささやいた。「三秒」

キャロラインは動かなかった。ジョーは彼女の肩を両手でつかんで向きを変えさせた。「中に入りたまえ、キャロライン」彼は低い落ち着いた声で言った。「おやすみ」

「おやすみなさい」キャロラインははじかれたよう

に動きだし、戸口に着くと肩越しに振り返って彼を見た。その目は何か不可解な感情に黒ずんで大きく見開かれていた。「三秒どころじゃなかったわ」

　キャロラインは明かりをつけ、ドアを閉ざし、念入りに鍵をかけた。かけ終わらないうちに、車が走りだす音がした。つまりジョーは一瞬もその場にとどまりたいとは思わなかったし、ドアをノックしようとも考えなかったわけだ。彼は任務を果たした。ふたりの関係を確立するという任務を。だからそれ以上その場にとどまる理由はなかった。

　キャロラインは長椅子に腰を下ろし、しばらくの間じっとそこに座っていた。彼女には考えなければならないことがあった。そのためにはじっと座って自分の頭の中に閉じこもったほうが集中できる。というより、肉体的な刺激も含めてすべてを頭からしめ出すほうが。

　家庭環境や学校での進級の速さ、それに生まれつきの性格が合わさって、自分が常にまわりから孤立していたことは、精神分析医に相談するまでもなく何年も前からわかっていたことだし、それを気にやんだこともなかった。つきあいたいと思う異性がいないときに、自分が異性とつきあうための社交術や感情の処理の仕方を学んでこなかったことを気にやむ必要はまったくなかった。だからたとえ世間との関係がぎくしゃくしても、それを苦にしたことは一度もなかった……これまでは。

　今、初めてキャロラインはだれかに深く心を惹《ひ》かれ、相手も自分に惹かれてほしいと思っている。でもどうすればそんなことができるのだろう？　ほかの娘たちがその手管を学んでいるとき、キャロラインは物理を学んでいた。彼女はレーザー技術にかけては専門家だが、恋のいろははまるで知らない。

　どうしてもっと無難な相手と経験を積んでおかな

かったのだろう？　たとえば自分と同じように本ばかり読んでいて人づきあいがへたな同僚の物理学者とか。でもそうする代わりに、キャロラインはいきなり恐れ知らずの戦闘機乗りに恋をしてしまった。あのダイヤモンド・ブルーの目で見つめただけで女たちをめろめろにさせることのできる男に。キスの専門家ではないキャロラインにも、彼がそういう男性だというのはわかるし、心の底で、自分はばかなまねをしてしまったのではないかという気がしている。彼がただ予告どおり彼女の手を取っただけで、キャロラインはすっかりのぼせてしまった。まるで猫のように相手の体に体をこすりつけ、今にも彼の足元にくずおれそうな気分になったことははっきり覚えている。

　今夜のジョーは親切だった。キャロラインに友人として接し、くつろがせてくれた。楽しい晩だった。あれほど無意味なことをして、しかも楽しんだことがかつてあったかどうか。キャロラインは子供時代でさえただの遊びはしなかった。娘のやることが必ず学業の進歩につながるように両親が慎重に気を配っていたからだ。キャロラインはアルファベットのついた積み木の代わりに単語カードを与えられた。必ずしも両親に押しつけられたわけではなく、彼女自身がもともと短気な子供で、遊びのペースが知的欲求に追いつかないときにはいらだった。彼女の子供時代は一風変わってはいたけれど、決して不幸ではなかったし、自分の道はいつも自分で選択してきた。

　キャロラインは今、未知の領域を手探りで進もうとしている。もともと彼女はどんな問題であれ真正面からぶつかるたちだ。自然が与えてくれた武器をどう使っていいのかよくわからないけれど、ジョー・マッケンジーに対してはその武器を総動員することになるだろう。

問題を解くには、まずそれを研究しなければならない。まだベッドに入るには早い時刻なので、基地の人間で起きている人はたくさんいた。キャロラインは空軍の女性職員たちから参考になりそうな記事の載った雑誌を借りてきた。おまけに戦闘機パイロット一般についても少しばかり知ることができた。もともと速読にはたけているので、〝悪い人――でもなぜ愛してしまうの？〟とか〝欠点より長所を探す――あきらめないために〟といった興味深い記事の載った雑誌を数時間のうちに読み飛ばすことができた。どの記事もたいてい副題つきで、身長百七十五センチ、体重五十二キロぐらいの女性の写真がわんさと載っている。体重のほとんどは髪と胸の重さだろう。相手のうその見抜き方や仕返しの仕方もわかったし、こっそり家に忍び込む方法や、自分の会社をつくる方法や、ブラックジャックの必勝法――これは記憶に書きとめた――や、ヨーロッパのおすすめホテルも知ることができた。なかなか面白い。定期購読してもいいかもしれない。

戦闘機パイロットについての記事はそれよりもっと面白かった。

翌朝、キャロラインは薄手のゆったりしたジャンプスーツを着込み、夜が明ける前にオフィスに着いた。出かける前に服を選ぶとき、快適さと見栄えのよさが争ったが、見栄えのよさはすんなり屈服した。何しろ日中の気温は四十度以上にも達するのだ。

キャロラインはその日のテストの仕様書を取り出し、それを見直しながら、あとでコンピュータ・プログラムについてカルに質問したいことを頭に書きとめた。コンピュータのプログラミングは物理学にも役立ちそうな気がしたので、彼女はそれを第二の専門として学んでいた。実際、これまでにもそれが重宝したことが何度かあった。キャロラインはコンピュータを起動させ、その日のテストの過程を画面で追いながら、すべてに問題がないことを確認した。

「いつから来てるんだ……」

すぐうしろで声がして、キャロラインはきゃっと叫びながら飛び上がった。その拍子に椅子がひっくり返った。なぐりかかろうとする彼女の右手首を素早くジョーがつかみ、一瞬のちには左の手首も押さえ込んでいた。稲妻のような早業だった。

「もう二度とそんなことはしないで！」キャロラインは叫び、顎を突き出しながら爪先立ちになって彼をにらみつけた。その目はまだ驚きに見開かれていた。「どういうつもりなの？　心臓発作でも起こさせるつもり？　これからはドアに近づく前に口笛を吹いてちょうだい」

ジョーは手首をつかんだまま、彼女の腕をよじって体のうしろにまわした。おかげでキャロラインは彼の胸にぴったりと胸を押しつけて引き寄せられた。

「脅かすつもりはなかったんだ」ジョーはそっと言った。「でも反射的になぐりかかるのが君の癖だとしたら、正しい方法を覚えたほうがいいよ。さもないと今みたいな窮地に身を落とすことになる」キャロラインの青みがかった緑色の目が好奇心に黒ずむのを見て、ジョーはうまくいったと思った。どうやらキャロラインは押さえつけられているという事実から意識がそれたようだ。

キャロラインは状況を分析してみた。ちょっと腕を引いてみたが、ジョーはしっかりつかんで放さない。その鉄のような手を振りほどくすべはないし、頭で顔をなぐろうにも彼は背が高すぎる。「足の甲を踏みつけて足首か膝を蹴《け》りつけるぐらいならまだできるわ」

「ああ。でも近すぎて、大した勢いはつかないよ。僕は痛い思いはするとしても、手を放すほどじゃない。もし僕に攻撃の意図があったら、君は今ごろひどく厄介なことになってるはずだ」

キャロラインはまた少しもがき、どの程度動けるかを試してみた。ジョーの腕はしっかりと彼女の体を囲い、彼女の胸は筋肉質のがっしりとした胸に完全に押しつけられている。相手のぬくもりと匂いにすっぽり包まれて、キャロラインは思いがけぬ心地よさにふと身震いした。ジョーはいい匂いがする。今までほかの男性のそばにいてこんな匂いは感じたことがなかった。単に皮膚に残った石けんの匂いではなく、微妙で強烈な、ムスクのように濃密な匂い。思わず鼻をこすりつけて存分に味わいたくなる匂いだ。それは即座に強力な効果を及ぼした。キャロラインの胸はちくちくとうずきはじめ、乳首は硬く突き出し、腰のあたりが熱くこわばりはじめた。

キャロラインはせき払いをし、体の反応から気をそらそうとした。なんといっても、今ふたりがいるのはオフィスだ。単にこの男と女の関係をもっと深く体験してみたいと思いはじめたからといって、ここでそれをしたいとは思わない。「そう……で、もし私が攻撃したいと思ったら、どうすればいいわけ？」

「まずは戦い方を覚えることだ」ジョーは言い、彼女の口に素早くしっかりとキスをしてから手を離した。

唇がうずくのを感じて、キャロラインは舌を滑らした。ジョーの視線が彼女の口元に移り、目が黒ずんだ。キャロラインは動揺を隠そうと無頓着《むとんちゃく》なふりを装った。「それで、どうすればいいの？」ききながら彼女は椅子を起こし、手持ちぶさたを補うためにコンピュータのプログラムを終了した。そして本体の電源を切ると、ジョーににっこりほほえみかけた。「武術でも習うべきかしら？」

「それより手ぎたない路上のけんか術のほうがいいよ。あれならフェアかどうかはさておき、使える手をすべて使って勝つすべを覚えられる。けんかをするならそれしかない」

「相手の目に砂を投げつけたり、そういうこと？」

「効き目があるならなんでもいい。要は勝つことだ。そして死なないこと」

「それがあなたの戦い方？」キャロラインは脚がぶるぶる震えて、座りたくてたまらなかった。でも座ったら相手にはるか上から見下ろされることになるし、そう思っただけで緊張してしまう。仕方なく、彼女はデスクの縁に寄りかかった。「最近では空軍はパイロットにそういうことを教えてるの？」

「いや、これは僕が子供のころに教わったやり方だ」

「だれに？」

「おやじだよ」

たぶんそれは父親と息子だからこそだろう。キャロラインの父も微積分学を教えてくれたが、それとはちょっと違う。

「私、典型的な戦闘機パイロットについてちょっと研究したの。なかなか面白かったわ。ある意味で、あなたは完璧《かんぺき》な典型ね」

「そうかな？」ジョーは真っ白い歯をむき出しにしたが、ほほえんだわけではないのかもしれない。

「いいえ、ある意味では典型的じゃないわ。標準より背が高くて、戦闘機より爆撃機向きですもの。でも戦闘機のパイロットはたいてい頭が切れて、攻撃的で、横柄で、一徹よ。頑固と言ったほうがいいかしら……ブルドッグみたいに。それにいつも物事をコントロールしていたがるの」

ジョーは胸の前で腕を組み、ぎらついた目を黒いまつげで半ば隠した。

「戦闘機パイロットはすぐれた視力と反射能力の持ち主よ。目の色はたいてい青か明るい色だから、その点ではあなたは確かに典型的ね。それにちょっと面白い統計があるわ。戦闘機のパイロットの子供は男の子より女の子のほうが多いんですって」

「試してみたら面白いだろうね」

キャロラインはせき払いをした。「実を言うと、あなたはもう結果を知ってるのかと思ったわ」

ジョーが眉を上げた。「なぜ？」

「あなたがブリードと呼ばれているのは知ってるわ。だからきっとそういうことがうまいのかと思って」

ジョーの口の端がゆっくりゆがんだ。「僕の繁殖《ブリーディング》能力はそれとは無関係だよ。僕がブリードと呼ばれるのは、インディアンとの混血《ハーフ・ブリード》だからだ」

キャロラインは驚いてただ見つめることしかできなかった。「ネイティブ・アメリカンのこと？」

ジョーは肩をすくめた。「君がそう呼びたければそれで構わないが、僕は昔から自分をインディアンと呼んできた。ラベルだけ変えても何も変わらないよ」口調は軽いが、目はじっと彼女を見守っている。

キャロラインも同じようにじっとジョーを観察した。彼の肌は確かに浅黒く、黄みがかった褐色をしている。でもそれは日焼けのせいだと思っていた。髪はふさふさとした黒い直毛で、頬骨は高く鋭く突き出し、鼻はほっそりとして鼻梁《びりょう》が高く、口は輪郭がはっきりして官能的だ。しかし目だけがちぐはぐだ。キャロラインは顔をしかめ、責めるように言った。「それならなぜ目が青いの？　青は劣性遺伝子でしょう。黒くなくちゃいけないわ」

ジョーは彼女が自分の血筋をどう受け止めるか気になっていたが、その応答を聞いていくぶんほっとした。ある事柄についてもっと知りたがるのはいかにもキャロラインらしい。彼女はショックを受けてもいなければ、反感も抱いていない。ある人間たちは、ジョーがインディアンとの混血だと知るといまだにショックを受けたり、反発したり、ときにはうれしがりさえする。でもジョーはそういうことには慣れっこになっている。職業のことでも女たちに大騒ぎされるのはよくあることだからだ。でもキャロラインは今、目の色のことしか考えていない。

「両親がふたりとも混血だからだよ。それでも遺伝学的に言えば僕は半分インディアンで半分白人だけど、青い目の劣性遺伝子は両親から受け継いだんだ。僕の四分の一はコマンチ族で、四分の一はキオワ族で、あとの半分が白人なんだ」

キャロラインは満足してうなずいた。これでジョーの目の色の謎《なぞ》は解けた。彼女はさらに追及した。

「ご兄弟はいるの？　その人たちの目の色は？」

「弟が三人に妹がひとりいるよ。正確に言えば腹違いの弟と妹だ。母は僕が赤ん坊のころに死んだ。育ての母は白人で、目は青い。だから弟も三人とも目が青い。妹が生まれるまで、おやじは果たして黒い目の子供はできるのかと思っていたらしい」

そうした家庭生活の話はキャロラインを魅了した。

「私はひとりっ子なの。子供のころはきょうだいが欲しくてたまらなかったわ」うらやましげな自分の声音に気づかず、彼女は言った。「楽しかった？」

ジョーはくすりと笑い、椅子に足を引っかけて回転させると、長身の体をそこに落とした。キャロラインはあいかわらずデスクの縁に寄りかかっていた。ジョーが道をふさいでいるので動けないのだ。しかしそれはもう意識していなかった。

「おやじがメアリーと再婚したのは僕が十六のときだから、僕は弟や妹と一緒に育ったわけじゃないけど、別の意味で楽しかったよ。僕は赤ん坊をかわいいと思える年齢になっていたし、世話もできた。うれしかったのは、休暇で家に帰るとみんなが猿の子みたいに群がってきたことだ。僕が家にいる間、おやじとメアリーは必ず一晩どこかへ出かけたから、僕は子供たちを独り占めできた。みんなもう子供じやないけど、今でもみんな家は好きだよ」

　キャロラインはこのこわもての大男が子供たちに囲まれてくつろいでいる姿を想像しようとした。ただその話をするだけで、彼の顔は柔和になる。ジョーをそういうふうに見るまで、キャロラインは彼が他の人々との間にどんな壁をつくっているか気づかなかった。彼と家族との間には壁は一切ない。いつものあの統制のとれた身のこなしや、よそよそしい表情や目つきも、きっと家族といるときには和らぐのだろう。しかし部下との関係は違う。それは長時間ともに働き、互いを頼り合うグループの中で築かれる連帯意識だ。そこには私的感情はないし、ある意味で絶えず自分を抑えていなければならない。急にキャロラインは寒気を覚え、いくぶん当惑した。自分が彼の近親者のひとりではないことに気づいたからだ。彼女はジョーにくつろいでほしかった。彼の内面を知り、もっと親しくなりたかった。女性としての自覚に目覚めたばかりの彼女は、もうひとつ、さらに苦しい自覚に行き着いた。ジョーに、あのすさまじい自制心をなくすほど自分を求めてほしいと思っていることだ。苦しいのは、彼がそこまで求めていないからだ。それは自分でもわかっている。今すでに、思っていたよりもずっと深く彼に心惹かれていなければ、そんなことは気にならないだろう。それがわかるから恐ろしい。

　気づいたときには、キャロラインは長い間無言で彼を見つめていた。ジョーのほうも同じように無言で彼女を見つめている。まるで彼女が何か言うのを待ち受けるように、眉をかすかに持ち上げて。なぜかキャロラインは赤面した。ジョーがしなやかな身のこなしで立ち上がり、脚と脚が触れるほどキャロラインに近づいた。「何を考えてるんだ?」

「あなたのことよ」キャロラインは思わず答えた。なぜこんなに近くに立つのだろう? 彼女の心臓がまたせわしく打ちはじめた。なぜこの人に近づくだけで頭が真っ白になって体が暴走しはじめるの？

「僕の何を？」

キャロラインは何か気のきいたさりげない言葉を返そうとしたが、自分の気持をごまかしたり隠したりするすべを知らなかった。「私は男の人のことはわからないわ。男性の前でどうふるまったらいいか、どうやって気を引いたらいいかわからないの」

ジョーは顔をしかめた。「君はうまくやってるよ」

どういう意味だろう？　私はいつものぶっきらぼうな私だし、こういう私を見て男性はいつも逃げていったのに。なんだか思っていたよりずっと難しそうだわ。キャロラインは両手をもみ合わせている自分に気づき、かすかに驚いた。それまで自分がそんな神経質な人間だとは思わなかったからだ。

「そう？　ならよかった。私は今まで好きになってほしいと思う相手に会ったことがないの。だからちょっととまどってしまって。あなたはほかの男性が私をわずらわせないように私と親しいふりをするって言ったけど、もし私がそれをもう少し本物にしたいと言ったら、迷惑？」

「どれぐらい本物にしたいんだ？」ジョーはおかしそうな声できいた。

キャロラインはまた当惑した。「どうして私にわかるの？　私にわかるのは、あなたに惹かれてるってことと、あなたも私に惹かれてほしいと思っていることよ。でもこんなことは初めてなの。だからあなたは私にルールも知らないのにゲームをしろと言ってるようなものよ。フットボールを知りもしない相手にボールを渡して、さあ、やろうぜ、なんて言う？」

その歯に衣《きぬ》着せぬ言い方に、ジョーの目が躍った。しかし声は冷静でまじめだった。「君の言いたいことはわかるよ」

「それで？」キャロラインは両手を広げてきいた。

「ルールは？　あなたが乗り気ならの話だけど」

「ときには軽いゲームも悪くないな」

ジョーはまたもったいぶった言い方をした。ばかにしてるのかしら、と思いながら、キャロラインはいぶかしげな目を向けた。

ジョーが彼女の腰に両手をあて、デスクにぎゅっと押しつけた。キャロラインは彼の腕をつかみ、その筋肉に爪を食い込ませた。それまで彼女の腰に手を触れた人はいなかった。唯一の例外は、彼女のお尻をつねったためごみ箱に押し込んでやった、あるやり手男だけだ。しかし指の下に感じる鋼鉄のような筋肉から察して、ジョーをどこかに押し込むのはまず無理そうだとキャロラインは思った。

ジョーはさらに近づき、引きしまった腿を使って彼女の脚を開かせた。キャロラインはぎょっとして下を見た。ジョーは脚の間にいた。キャロラインははっと顔を上げたが、何も言えないうちに、軽い優しいキスがそっと唇をかすめていた。その穏やかなキスと、ジョーの強引な体勢とのコントラストに、キャロラインは面食らった。

ジョーは片手でキャロラインの顔を包み、ゆっくりと頬をなでた。なめらかなビロードのような皮膚の上を指先がそっと動き続ける。別の手がキャロラインのヒップを包み、しっかりと引き寄せた。彼女の腿の間にジョーの体がぴったりとはまり込んだ。キャロラインの心臓は狂ったように打ちはじめ、呼吸はとぎれ、背筋を伸ばしていることさえできなくなった。骨がとろけるのを感じて思わずジョーにもたれかかった彼女は、いっそうしっかりと抱かれるはめになった。硬く脈打つジョーの男性がキャロラインの柔らかな下半身に押しつけられ、同時に彼女の体の奥で血管がどくどくと脈打ちはじめた。

ジョーはまたキスをしたが、今度はしだいに強引になった。キャロラインはなすすべもなく口を開き、押し入ってくる舌を受け入れた。その舌の動きに合わせて、ジョーの腰が彼女の脚の間で動きはじめた。ズボンの中の硬いふくらみはますます硬く大きくなっていく。

前夜と同じように、キャロラインは頭がくらくらした。ジョーの舌は口の奥へと押し入って彼女の舌をなぞり、反応を促す。その味は濃密で官能的で、彼の皮膚は石けんと男の匂いがした。キャロラインの胸がうずき、またしてもそのうずきをいやすには彼の引きしまった胸に胸を押しつけるしかないような気がした。ほとんど耐えがたいような感覚だが、それをなんとかするには身を振りほどくしかない。しかしそうする気にはなれなかった。

でもジョーにはそれができた。なぜか、気がつくとキャロラインはそっと体を引き離されていた。彼女がよろめくと、ジョーが両手で彼女の腕をつかんで支えた。キャロラインはやや怒ったような目で彼を見上げた。この憎らしい自制心！　私がこんなに取り乱しているときに、どうしてこの人は少しも動揺しないの？　彼が興奮していたのは間違いないのに、それでも自制心はまったく揺らがなかった。私は今にも燃え上がりそうだというのに。

「ルールは単純だよ」ジョーが静かに言った。「僕らはまず君が触れたり触れられたりするのに慣れる機会をつくって、君の好みを探らなくちゃならない。ゆっくりと時間をかけて、一度に少しずつ進もう。今夜七時に迎えに行くよ」

ジョーはもう一度キスしてから、入ってきたときと同じように静かに去っていった。キャロラインは心臓と肺のせわしい動きを静め、体の奥のうつろなうずきをなだめようと、デスクに腰かけた。困ったことになった。本当に困ったことに。自分の手に負えないことを始めてしまったのだ。でもたとえ中止できても、中止しようとはしなかっただろう。いずれにせよ、自分でどうこうできる問題ではなさそうな気がする。

　キャロラインの見込み違いでない限り、ジョー・マッケンジーは彼女と情事を始めるつもりでいる。男と女が裸で抱き合う本物の情事を。そしてキャロラインはそれを望んでいる。それが自分にとって情事以上になっても、相手にとっては情事でしかないとわかった上で、それでも事を起こそうとしている。ジョーはきっといつも冷静だろう。したたかな芯《しん》を常に殻で囲って、平然と取り澄ましているだろう。キャロラインのほうはすっかり心を奪われてしまいそうなのに。

5

　キャロラインは朝から頭がぼうっとしていたので、その日のテストが順調に運んだのは幸いだった。エイドリアンとふたりきりになったときにいやみを言われたが、彼女はあいまいな笑みで彼を面食らわせた。自分でも驚くほど集中力がなかった。それまでキャロラインは何かに集中するのに苦労したことなど一度もなかった。あまりにも集中力が強いので、大学のある教授に、君なら地震の最中でも本が読めるだろうと言われたほどだが、それはあたらずといえども遠からずだった。

　以前のキャロラインなら、ひとりの男のせいでそこまで思考を乱されるとは思いもしなかっただろう。

その男が彼女に特別な関心を払っているわけでもないのだからなおさらだ。関心を払う必要なんかないわ、と彼女は気づいた。前日、ジョーは自分の意図を公言し、ほかの人々の見ている前で彼女におやすみのキスをした。基地の人間にとって、今やキャロラインはマッケンジー大佐の女だ。ほかの男たちはジョーに頭が上がらない。だれもあえて彼の選んだ女を横取りしようとは思わないだろう。自分もジョーのやり方に従ったとはいえ、世の中が先史時代からいかに変わっていないかをまざまざと思い知らされて、キャロラインは少々ぎょっとした。さて、そこで考えなければならない。私があの人のやり方に従ったのは、そのやり方が理にかなっていると思ったから？　それとも、彼のような支配的な男性を前にして、無意識のうちに従わずにいられなかったから？

いいえ、私は無意識であれ意識的であれ、だれかに従わなければならないと感じたことなど一度もなかった。あの人のやり方に同意したのは、彼といると心臓が狂ったように打ちはじめるから。それだけよ。言い訳がましい口実を探してみても始まらない。

その日のテスト結果を見直し、翌日のフライトに備えるためにオフィスに戻ったとき、カルが椅子をころがして近づいてきた。「で、大ボスとのデートはどうだった？」

とたんに手が震えはじめるのを感じて、キャロラインは読もうとしていた書類を置いた。「どうってことはなかったわ。なぜ？」

驚いたことに、カルは人なつこい目に心配そうな表情を浮かべていた。「君がデートをするなんて聞いたのは初めてだし、強引に口説かれたりしなかったかと気になってね。何しろ大佐はこのプロジェクトの責任者だし、基地司令官や部下だけでなくペンタゴンの人間にも影響力がある」

キャロラインはほろりとした。「だから私がこのチームにとどまるために仕方なくあの人とデートしたと思ったの？」

「まあ、そんなところかな」

キャロラインは笑みを浮かべ、彼の手をとんとんとたたいた。「ありがとう。でも大丈夫よ」

「よかった。エイドリアンは君を困らせていないだろうね？」

「気にしたことはないわ。だからたぶん困らされてはいないのよ」

カルはほほえみ、自分のデスクに戻った。

キャロラインは時計を見た。七時まであと三時間半。いつもは仕事に熱中して時間も気にならないのに、今日は集中力がないだけでなく、時間ばかり気にしている。男性とつきあうと仕事の能率が落ちるなんて、今までだれも教えてはくれなかった。

ほとんど前代未聞といってもいいことだが、キャロラインはほかのメンバーと同じ時刻に仕事を終えた。急いで宿舎に帰り、エアコンをめいっぱい回転させてから、シャワー室に飛び込んだ。その晩自分がどこに行くのかも、何を着たらいいのかもわからないことに気づいたのはシャワー室を出てからだった。

キャロラインは電話を見た。ジョーに電話してきけばいい。番号はわからないが、基地のオペレーターが調べてくれるだろう。やはりそうするのが賢明だ。日ごろから賢明なことが好きな彼女は、即座にベッドに腰を下ろし、気が変わらないうちに電話をかけた。ジョーは最初のベルで出た。「マッケンジー」

電話の彼の声はいつもよりさらに太く聞こえた。

キャロラインは深呼吸をした。「キャロラインよ。今夜はどこへ行くの？」そう、これでいい。無駄話はせず、単刀直入に、ただききたいことをきく。

「服はスカートがいいよ」腹立たしいことに、ジョーは事務的な質問の裏にある理由まで見透かしていた。「下から手を入れられるものが」

そしてかちっという音がした。キャロラインは受話器を見つめた。一方的に電話を切られたのだ！ また心臓がせわしく打ちはじめた。なんて人なの！ これじゃ不公平だわ。私は期待と不安と願望でパニックも同然の状態なのに、彼の心臓はたぶん岩みたいに平然と打っている。

スカート？　あんなことを言われて私が逃げ出さなかったのだから、ジョーは運がいい。あの熱いごわごわした手が今にも腿の上をはい上がってくるのを予想しながらあのトラックに乗り込むなんて、絶対にできない。もし彼があんなことを言わなければ、私はスカートをはいたかもしれない。そのほうが涼しいから。でも今スカートをはくのは、どうぞ手を入れてくださいと無言のうちに宣言するようなもの。そうしてほしくないわけではないけれど、彼はゆっくりやろうと言った。どう見てもこれはゆっくりには思えない。それに私もいくらかは主導権を握っていたい。それ以上に、ジョーのあの自制心を粉々にしてやりたい。彼を怒らせ、悩ませ、私と同じくらい頭に血を上らせてやりたい。

キャロラインはベッドに腰を下ろし、何度か深呼吸をした。もしかしたら修道女たちの考えは正しいのかもしれない。女の精神衛生にとって男は明らかに有害だ。

キャロラインはカーキ色の作業ズボンに男仕立ての白いシャツを着た。着たいと思う服でいちばんスカートに近いのがそれだった……あまり近くはないが。

ジョーは七時きっかりにドアをノックした。キャロラインがドアを開くと、彼は大声で笑いだした。

「何を考えていたんだ？」彼は笑いながらきいた。

「僕がおおかみみたいに君をむさぼり食うとか？」

「それは確かに考えたわ」

キャロラインが狭い宿舎の中の電気製品のスイッチをすべて二度点検し、ロックしたドアを再度確認する間、ジョーはじっと見ていた。本当に慎重な女だ。彼はキャロラインの腰に手をあててトラックのほうに促した。「心配することはないよ」彼はなだめるように言った。「君をむさぼり食ったりはしないから」三秒置いて、彼はつぶやいた。「まだね」

キャロラインがびくりとするのがわかった。彼女のうぶさと色気の奇妙な取り合わせに、しだいにジョーはいらだちはじめていた。彼がキスをすれば、キャロラインは彼が暴力を振るいたくなるほど激しく反応する。そのくせ、今にもぱっと逃げ出しそうな気配がある。まるで初めて種馬と引き合わされた若い雌馬のようだ。びくびくして、今にもかみついたり蹴《け》りつけたりしかねないが、それでもその体から発する匂《にお》いは、彼女が種馬を受け入れる準備ができていて、しかも種馬を狂おしいほどに興奮させるだろうということを物語っている。いずれにせよ、ジョーはこれまで雌馬を何頭も手なずけてきた。だからそのこつは心得ている。

ジョーはキャロラインの気が変わらないうちに彼女をトラックに乗り込ませ、運転席にまわった。その朝キャロラインが持ち出した話は、そのぶっきらぼうな単刀直入な切り出し方とともに、一日中ジョーの頭から離れなかった。キャロラインは冗談めかした口調や甘い言葉で男を誘うすべを知らない。プライドも何も関係なく、ただ思っていることをそのまま口に出す。ジョーは彼女を抱きすくめ、もっと自分の身を守ることを覚えなくちゃいけないよと言ってやりたかった。キャロラインは無防備そのものだ。しかもそれを自覚していない。彼女のすることはすべて一直線で、まわり道もごまかしもない。あんなふうに率直に、男とセックスについて教えてくれと頼んだ女は今までいなかった。ジョーは窮屈な軍服を心の中でのろいながら、一日中、半ば興奮状態で過ごした。

今はジョーは非番のときにいつもはくジーンズとブーツをはいていたが、ジーンズは軍服より窮屈だった。彼は不快げにもじもじと姿勢を変え、脚を伸ばしてジーンズにゆとりを持たせようとした。このままだと、ジーンズを脱ぐか、興奮を解消するか、ふたつにひとつだ……その順序でどちらもできればそれに越したことはないが。

「今度はどこに行くの？」キャロラインが風にひるがえる髪を顔から払いながらきいた。

「メキシコ料理は好き？」

キャロラインの目が輝いた。「タコス」彼女はうっとりと言う。「エンチラーダ。ソパピーヤ」

ジョーは笑った。「了解」キャロラインがまた髪を払うのを見て、彼は言った。「窓を閉めてエアコンを入れようか？」

「いいえ、このほうがいいわ」少し間を置いて、キャロラインは言った。「私の車はコンバーチブルなの」

道路に目を戻しながら、ジョーはほくそえんでいた。彼女にふさわしい名前は〝パラドックス〟だ。何しろ持っている性格がひとつひとつ矛盾し合っている。

ふたりはラスベガスにあるジョーのお気に入りのメキシコ料理店へ行った。それまで食べた中でも最高のエンチラーダと冷たいマルガリータのおかげでキャロラインも気持がくつろぎ、不安を忘れた。ジョーが食事をしながら水を飲んでいるのを見て、彼女は興味をそそられた。「パイロットはみんな酒豪なのかと思ったわ」

「確かに僕らの大半は大酒飲みだよ」ジョーはけだ

るげな声で応じた。

「でもあなたは違うの？」

「ああ。次の日に飛ぶ予定がある場合もある時刻まではは飲んでもいいことになっているけど、もうその時刻も迫ってる。僕は自分の体も飛行機も完全にコントロールしていたいんだ。マッハ２の速度では物理学の法則も空気力学の法則もけっこう手厳しいからね」ジョーは乾杯の仕草で水のグラスを持ち上げた。「しかも僕は混血だ。酒は飲まないよ」

それが賢明ねとでも言うように、キャロラインは小さくうなずいた。「そんなに危険なら、なぜほかの人たちは飲むの？」

「緊張をほぐすためだよ。血管の中でアドレナリンを燃やしながら長時間気を張りつめていると、なかなか普通には戻れないものだ。ごく普通のフライトでさえ、空中では絶えず命の危険にさらされている。実際、普通のフライトなんてありえないんだ」

キャロラインは夜の翼について質問しかけたが、場所柄を考えて、それは先に延ばすことにした。どこでだれが聞いているかわからない。

食事のあとでキャロラインは言った。「これからどうするの？」そしてすぐに後悔した。それにマルガリータを飲んだことも悔やまれた。コントロールについてジョーが言ったことは確かにあたっている。

「遊ぶんだ、ダーリン」

彼の言う遊びは文字どおりの遊びだった。十分後、ふたりはミニチュアのゴルフコースにいた。

キャロラインは試しにパターを手に取ってみた。

「ゴルフなんてやるの初めてよ」

「僕はいろいろなことで君に初体験をさせることになりそうだね」ジョーはいつもの憎らしいほど落ち着き払った口調で言った。

キャロラインは彼をにらみつけ、パターを野球のバットのように構えた。「それはどうかしら」

ジョーが彼女の手から素早くパターを取り上げながらキスをした。目にも留まらぬ動きだった。この人が昔の西部に生きていたら、きっとガンマンになっていたわ、とキャロラインはふくれっつらで思った。

「レッスン開始だ」ジョーは言い、彼女の向きを変えさせてそのうしろに立つと、両わきから腕を伸ばした。彼はキャロラインの両手を取ってパターの取っ手を正確に握らせ、なめらかに水平にスイングしながら慎重に抑制した力でボールを打つこつを教えた。ミニチュアゴルフでは腕力は必要ない。必要なのは判断力とバランスの取れた動きだ。

ジョーは最初のコースでホールインワンをしとめた。「前にもやったことがあるのね」キャロラインはなじった。

「僕はいろいろと経験豊富でね」

「新しいルールその一。一回あてこすりを言うごとに、あなたのスコアにストロークを追加するわ」

「いいよ。ストロークが増えれば、その分前技も長引く」

キャロラインは彼にボールを投げつけて出ていきたくなったが、代わりに声をたてて笑い、彼のスコアにストロークを追加した。ルールはルールだ。

自分でも驚いたことに、キャロラインは距離や打力や方向に対する判断力を備えていたらしく、いい勝負をした。根っから負けず嫌いのジョーはわざと負けるようなことはせず、本気で戦い、集中力の強さやすぐれた運動能力を見せつけた。キャロラインも同じように本気で挑み、ふたりともほとんど無言のまま同点で勝負を終えた。同点になったのは罰点として加えられたストロークのせいだ、とジョーが指摘した。

「じゃ、もう一度やりましょう」キャロラインは挑んだ。「この一回はなしにして、あと三回のうち二回勝ったほうが勝ちよ」

「いいよ」

同点が二回あったので、結局ふたりは五ゲームやることになった。最初のゲームでジョーが勝ち、次のゲームでキャロラインが勝ち、次の二ゲームは同点だった。最後にジョーがワンストローク差でゲームを決め、勝負をしめくくった。

しかめっつらでパターを返しに行くキャロラインを見て、ジョーは前の晩にスロットマシンで負け続けたときの彼女の顔を思い出した。この女は今に機械をぶちこわすんじゃないか、などとジョーが考えていたところでやっとコインがあふれ出したのだ。確かにキャロラインは負けることに関して潔いふりはしない。彼女は負けるのが嫌いだ。ジョーも負けず嫌いなので、それはよくわかる。

基地に帰る途中、ジョーは車の速度を落として道路からはずれ、砂漠の中を五百メートルほど走ったところで車を止めた。ライトを消し、エンジンを切ると、開いた窓から夜の静けさが流れ込んできた。

「もうひとつ初めての体験をしてみる？」

キャロラインは緊張した。「どんな？」

「カーセックス」

「せっかくだけど、運転免許を取ったときにそのテストはすませてるの」

そのつっけんどんな応答を聞いてジョーは笑ったが、言葉の裏の緊張は感じ取っていた。「このゲームのルールはこうだ。その一、僕らは今、本当にセックスするわけじゃない。君の初体験はトラックの運転席でなくベッドの上だ。その二、僕らは服をほとんど脱がない。脱げば君の初体験はトラックの運転席になってしまうからだ」

キャロラインはせき払いをした。「なんだかすごく欲求不満がたまりそうね」

「そうだ。それがカーセックスの醍醐《だいご》味《み》だよ」ジョーは笑い、ハンドルの前から体を引き出すと、キャロラインを膝に抱き上げた。それからまた少し体をずらし、助手席のドアに背中をもたせかけて長い脚を座席の上に伸ばした。気がつくとキャロラインは体の片側を座席に、もう片側をジョーの体にのせて彼の右側に横たわり、頭を彼の肩にあずけて顔を上向けていた。ジョーはのんびりとキスをしていた。

もし窓を閉めていたらふたりとも蒸気におおわれていただろう。ジョーの唇の動きは緩慢で、それでいて熱く、貪欲《どんよく》だった。キャロラインは時間を忘れた。血管の中で快感がゆっくりと脈打ちはじめ、彼女の腕がジョーの首に巻きついた。

ジョーの手がキャロラインの胸を包んだとき、彼女はびくりとして思わず口を引き離した。しかしジョーが容赦なくまたそれを奪った。本能的に喉から出かかった言葉を押さえ込まれて、キャロラインはただジョーの口の中でかすかに声をもらすしかなかった。最初のショックが薄れるにつれて、彼女は喜びの声をもらしはじめた。服の下で乳首がふたつの硬い玉になった。

「気に入った？」ジョーがささやいた。「それともやめてほしい？」

キャロラインはそれが気に入った。たぶん度が過ぎるほどに。でもやめてほしくはなかった。胸はちくちくとうずき、熱いほてりが腰まで広がっていた。ジョーの力強い指は彼女を痛がらせないように気づかいながらゆっくりと胸をもみほぐし、やがてつんととがった乳首を探りあてると、シャツの上からそれをこすった。キャロラインはうめき声をあげ、身をそらせて彼に押しつけた。

「キャロライン？」ジョーが促した。「やめてほしい？　それとも続けてほしい？」

「やめないで」キャロラインはしゃがれた声で言った。「お願い、やめないで」

わかったというようにジョーがキスをした。「やめないよ。シャツのボタンをはずして手を入れるけど、いい？」

今でさえ粉々になって飛び散りそうな気分なのに、どうしてそんなことに耐えられるだろう？　しかしジョーにそうきかれた瞬間、キャロラインは素肌の胸に彼の手を感じたがっている自分に気づいた。ふたりを隔てる服の壁が歯がゆくてならなかった。

「いいわ」ささやきながら、なぜかキャロラインは片手でせっせとジョーのシャツのボタンをはずしていた。ジョーの手を素肌に感じたいのと同じくらい、自分も彼の素肌に手を触れたかった。

開いたシャツの胸からジョーの長い指が滑り込み、そっとブラの縁をたどって前の止め金に行き着いた。

「うーん、いいね」ジョーは言い、手際よく止め金をはずした。ブラがゆるんだとたん、急にキャロラインは無防備な気分になった。やがて彼の手がブラの中に滑り込むのを感じて、全身の末端神経がいっせいに騒ぎだした。ジョーの手のひらは熱く、ごわごわしていた。その手がつまんだりこすったりする間、まめで厚くなった皮膚が乳首をざらざらと刺激した。キャロラインは自分のうめき声に気づき、ジョーの肩に顔をうずめて声を殺した。

ジョーが体をずらし、前よりもさらに横向きになってキャロラインを座席の上に平らに横たえた。キャロラインは彼のなすがままに動かされる人形になったような気がした。ジョーは彼女のシャツの前をはだけ、窓から差し込む星明かりの中に胸をさらした。映画の中でそういう場面を見たことはあったが、それでもキャロラインはジョーが顔を近づけて乳首を口に含み、舌を丸めてそれを吸い込んだとき、まだ心の準備ができていなかった。全身が打ち震えるほどの、えもいわれぬ強烈な感覚に圧倒されて、キャロラインは身をそり返らせた。ジョーがあの驚くほど力強い手と筋肉質の脚を使ってキャロラインを座席の上に押さえつけたかと思うと、彼女の上に体を重ねてきた。

　キャロラインの心臓は痛いほど激しく打ち、血管はどくどくと音をたてていた。体がジョーの重みと硬さに慣れる間、ほとんど息ができず、キャロラインは彼にしがみついた。その未知の感覚にぎょっとするほどの違和感を覚えながらも、もっと奥深いところにある原始的な感覚がそれを自然なこととして受け入れていた。ジョーが腿で彼女の脚を開かせ、その間に身を沈めて、硬いふくらみを柔らかなひだに押しつけた。「本当に抱き合うときはこうするんだ」彼はささやきながらキャロラインの首と鎖骨にゆっくりと唇を押しつけ、下に移ってふたつの乳房を存分に味わった。彼が顔を上げたとき、キャロラインの乳首はこわばって湿り、夜の空気が痛く感じられるほど敏感になっていた。その冷たさを、ジョーが熱い胸を押しつけて和らげた。

　ジョーの声は音にならないほど低かった。「ふたりともクライマックスに達する準備ができるまで、僕はこんなふうにゆっくりのんびり動く」

　彼の腰がおもむろに動きだし、硬いふくらみを規則的に押しつけてきた。キャロラインの全身が持ち上がり、細い腰は求めるようにそり返った。彼女は声を出したかった。この耐えがたいほどの緊張をなんとかして和らげてと彼に頼みたかった。しかしあえぐように息を吸い込み、彼の肩に爪を食い込ませて思いを伝えるだけで精いっぱいだった。

「そしてそのときが来たら、ふたりとも我慢できなくなったら、僕はもっと速く激しく動いて君の中に深く深く入り込む」

　キャロラインは切なげな甲高い叫びをあげ、脚をいっそう開いて持ち上げると、彼の腰をしめつけた。その拍子にくるぶしがハンドルにぶつかり、かすかな痛みのせいで体の感覚がいくぶん散漫になったのはありがたかったが、それでもまだ興奮は薄れなかった。彼女は熱さと欲求と深いうつろなうずきに半狂乱になって身をくねらせた。

その奔放な美しさに、ジョーは息をのんだ。かすかな星明かりが照らし出すキャロラインの表情は荒々しく貪欲で、その体は熱く狂おしく張りつめて未知の充足を請い求めている。そして、求めれば求めるほどますます危険な崖《がけ》っぷちに近づいていく。ジョーは彼女のズボンを引き下ろし、自分も下半身をむき出しにして、今言ったとおりに激しく素早く奪いたかった。彼女を裸にして、自分が与える激しい突きの衝撃を和らげてくれるベッドの上に横たえたかった。そして性急な荒々しい欲望の命ずるままに、背後から熱い深みに押し入り、ヒップと腹がぶつかり合う生々しい交合の音を聞きたかった。今ジョーの全身には先祖から受け継がれた熱い濃密な血が駆けめぐっていた。自然の猛威のように強力な、まぎれもない戦士の血だ。硬い熱い大地の上で、焼けつくような日差しに一糸まとわぬ肌をさらしながら抱き合っているふたりの姿が、ジョーの目に浮かんできた。その幻想の中で自分にしがみついているキャロラインは、自分に劣らず貪欲で荒々しい戦士の恋人だ。初めて見たときから、ジョーは彼女の激しさを見抜いていた。その激しさは押し殺され、抑制されてはいたが、それでもはっきりとそこにあって、解き放たれるのを待っていた。

ジョーは初めはここまでやるつもりはなかった。しかしキャロラインは抱かれたとたん炎のように素早く激しく反応する。ジーンズの中で欲望が痛いほどに張りつめ、楽にしてくれと叫んでいる。楽にするのはたやすいが、トラックの運転席はキャロラインの処女を奪う場所ではない。狭すぎるし、不自然だし、不便でもある。それに今夜はセックスはしないと約束した。自分が信頼できることをキャロラインに納得させなければならない。だからジョーは仕方なく欲望を抑えようとした。だが、容易ではなかった。すでにクライマックスの手前に達していて、もどかしさに気が狂いそうだった。しかししだいに意志の力が勝ち、ジョーは体に巻きついたキャロラインの腕と脚からそっと身をほどいた。

「ここでやめないと」ジョーは言った。声を平静に保つのは容易ではなかった。「さもないと、君は今ここで処女をなくすことになる」

「そうね」キャロラインはささやき、再び彼に手を伸ばした。初体験がトラックの中でも構わないという気分だった。体はほてってうずいていたし、ジョーに魅入られた状態から抜け出す必要があった。

ジョーが彼女の手を取り、きっぱりとそれを下ろした。「いや、今ここではだめだ」

キャロラインはもどかしさにくすぶった目で彼を見つめた。やがて全身に怒りが爆発した。彼女はジョーを押しのけ、手足をばたつかせて起き上がると、急いで彼から離れた。「だったら、最後まで行くつもりがないのになぜあそこまでやったの？」キャロラインは叫んだ。「私を……からかったのね！」

ジョーもまたもどかしさにかっとなった。途中でやめるのが簡単だとでも思っているのか？

「僕も夢中になってしまったんだ！」彼は乱暴にキャロラインの手をつかんでジーンズの前に近づけ、硬いふくらみに手のひらを押しつけた。「君にはこれが普通に思えるかもしれないが、僕がどれほど夢中になっていたかを君はもう少しで思い知らされるところだったんだぞ」怒りにしゃがれた自分の声を聞いて、彼はますます腹が立った。それほど自制心をなくしているということだ。

キャロラインはさっと手を引っ込めたが、太いふくらみの感触には心をそそられた。しかし腹が立っていて、それどころではなかった。「私は拒否しなかったわよ、そうでしょう？」彼女は問いつめた。「今ここでやって何が悪いの？」

ジョーは歯を食いしばり、怒りと再び襲ってきた欲情を必死でねじ伏せた。キャロラインの手を下半身に触れさせたのはまずかった。「ここはベッドじゃないし、今は時間がない。君を抱いたら、僕は長い間起き上がらないよ。狭苦しい場所で手早くすませるのは君のすべきことじゃないし、僕のやりたいことでもない」

キャロラインは腕を組み、怒った目で窓の外を見つめた。

ジョーもまた黙り込んだ。怒りを押し殺し、声を抑え、持ち前の冷徹な自制心を心の奥底から引きずり出した。彼はキャロラインといると簡単にかっとなる自分に驚いていた。かんしゃくを起こすなんて子供のころ以来だ。怒ることはあっても、我を忘れるようなことは断じてしなかった。キャロラインには彼の自制心を突き破って原始的な衝動をかき乱すという驚くべき才能がある。困るのは、彼女が意識せずにそれをやっていることだ。これまでジョーは女性関係ではいつも主導権を握ってきた。近づきたいと思うところまで相手を近づけ、別れたいと思うときに別れてきた。キャロラインと初めて会った晩、ジョーは彼女と情事を持とうと心に決めたが、あくまでも自分のやり方とペースは守るつもりだった。しかしキャロラインといるとつい自分のルールを破りたくなるだけでなく、自制心までなくしてしまう。それに気づいてジョーは当惑した。

「僕の宿舎は単身将校宿舎にある」やがてジョーは淡々とした声で言った。「あそこに君を連れていくわけにはいかないし、君の宿舎を使うのも感心しない。明日は金曜日で、僕はこの週末は非番だ。ベガスのホテルに泊まって、そこで週末を過ごそう」

私にまだその気があると思っているんだわ、とキャロラインは内心憤慨した。そして実際にその気がある自分に腹が立った。でもことを進めるならジョーのやり方でやるしかないということはすでにはっきりしている。主導権は彼にある。

「いいわ」キャロラインは歯を食いしばって言った。

基地に戻る間、ふたりはたった今情事を始めようと決めた男女というよりまるで敵対者のようだった。宿舎の前に着くと、キャロラインはジョーが手を貸しに来るのも待たずにドアを開けて飛び降りた。

ジョーはエンジンをかけたままで車を降り、ドアの前でキャロラインに追いつくと、彼女の腕をつかんで振り向かせた。「おやすみのキスを忘れてるよ」彼は言い、乱暴にキャロラインを抱き寄せた。

だれが見ていたにせよ、それを儀礼的なキスとか、友情のキスとか、つきあいはじめたばかりの男女のキスとは思わなかっただろう。ジョーはキャロラインの体を膝から胸までぴったり自分の体に押しつけた。キスの勢いに押されてキャロラインの首はのけぞった。ジョーの唇は熱くほてり、怒りに燃え、威圧的で、自分の優位を強引に主張する。初めのうちキャロラインは彼を押し戻そうとしたが、彼の舌が口に押し入り、体がいっそうぴったりと押しつけられるのを感じたとたん、急にあらがうのをやめ、彼の強引さを受け入れて同じように積極的にキスを返した。

ジョーがいきなり彼女を離し、一歩退いた。その目はぎらついていた。「寝間着は持ってこなくていいよ」彼は言った。

彼がトラックに戻って乗り込む間、キャロラインはそのうしろ姿を無言でにらみつけていた。「持っていくつもりはなかったわ」走り去る車を見ながら彼女はつぶやいた。

6

　翌朝、キャロラインは身分証明の名札が見あたらないのに気づいた。いつも置いておく鏡台の上やキッチンのテーブル、戸棚の上、家具の下、前日着た服を投げ込んでおいた洗濯物入れ、それにごみ箱の中まで捜したが、見つからなかった。彼女は腰を下ろして考えてみた。昨日は確かに身に着けていた。あれからあれをどうしただろう？　しかしまるで見当がつかなかった。もしかしたらジョーのことにすっかり気を取られて、気づかないうちに食べてしまったのかもしれない。

　名札がなければオフィスの建物には入れない。名札には認識記号がついていて、それを入口で電子的に走査するようになっている。しかるべき名札を持たずに機密扱いの建物に入ろうとすれば、警報が鳴り、憲兵隊が銃を抜いて集まってくるだろう。その名札を無造作に置き忘れたかと思うと、キャロラインは自分に腹が立った。機密保護のシステムは厳重で、名札は絶対に複製できない。紛失したり傷ついたりした名札はコンピュータの記録から除去され、新たな記号のついた新たな名札が発行されて、その情報がコンピュータに記録される。そしてやはり機密保護のために、名札を再発行する場合には四枚つづりの書類を何種類も記入して上官の許可や確認を取らなければならず、最終的には基地司令官のトゥエル少将のサインまで必要になるだろう。

　名札は昨日は確かにあった。名札なしにオフィスに入れるはずがないし、それが書類フォルダーにくっついていたのははっきり覚えている。名札はただクリップでとめるようになっているので、もしかしたら気づかないうちに落ちたのだろうか？　かもしれない。何じろジョーにキスされて頭が混乱し、夜のデートのことしか考えられなかったのだから。

　もし名札がオフィスのどこかにころがっているとしたら、それを持たずにオフィスを出たときにどうして警報が鳴らなかったのだろう？　それとも入口のあの機械はただ建物に入る人間の名札だけを読み取るようになっているのだろうか？　名札を持たない人間が入れないのなら、出ていく人間をチェックする必要はないという理由で？　確かに理にかなった考え方だ。それは問題ない。問題は、名札がオフィスにあるかどうかをどうして調べたらいいかだ。

　キャロラインはいくつかの方法を考えてみた。憲兵隊に電話して調べてもらうとしたら、届けを出したり説明したりで面倒なことになる。それは避けたい。そこで彼女はカルに電話してオフィスを捜してもらうことにした。それで見つからなければ紛失届を出し、面倒な手続きも我慢しよう。

　何回か呼び出し音が鳴ったあとでカルが出たが、声は眠たげだった。「もしもし」

「カル、キャロラインよ。起こして悪いんだけど、私、昨日オフィスに名札を落としてきたらしいの。紛失届を出す前にあなたに捜してもらいたくて」

　カルはうなり声を出した。「なんだって……？」面食らった様子で、まだ半分眠っているようだ。「キャロライン？」

「そうよ、キャロラインよ。起きてる？　今私が言ったこと聞こえた？」

「ああ、起きてるよ。聞こえたよ」カルはあくびをした。「君の名札を捜すんだろう？　でもキャロライン、どうしてあんなものを置き忘れたんだ？」

「フォルダーにとめておいたはずなのよ」

「じゃ、今度からはクリップでとめる代わりに鎖で首に巻きつけておくんだな」

ぐっすり眠っているところを起こした手前、キャロラインは相手の不機嫌な忠告を大目に見ることにした。心理的なものかもしれないが、彼女は首に鎖を着けるのは好きではない。それがネックレスでもだ。だから代わりにこれからは再確認事項のリストに名札も加えることにした。

「支度するのにどれくらいかかりそう？」キャロラインはきいた。

「五分もあればいいよ」カルはまたあくびをした。「今何時だい？」

キャロラインは時計を見た。「五時四十三分よ」

カルは聞こえよがしにうなった。「すぐ行くよ。実は今、目の焦点を合わせようとしてるんだ。これでひとつ貸しができたね。君だからやるんだよ」

「ありがとう」キャロラインは心から言った。

五分後、キャロラインはオフィスの建物の前でカルと落ち合った。彼はひげもそらず、髪はくしゃくしゃで、目はぼんやりしていたが、服は着替えていて、自分の名札を鎖で首につるしていた。カルがあくびをしながら建物に入る間、キャロラインはその前で待っていた。三分ほどして、彼が名札を持って戻ってきた。キャロラインは何度も礼を言いながらそれを受け取った。

「君のデスクの下にあったよ」カルはしかつめらしい顔でまばたきしながら言った。「こんなに早くオフィスに行って何をするつもりだい？」

「私はいつもこうよ」キャロラインは驚いて言った。自分が早朝から出勤して夜遅くまで働いていることはだれでも知っていると思っていたのだ。

カルがふいにいつものののんきな笑みを見せた。「マッケンジー大佐に関して意見を変えなくちゃならないかな。あの人はどうやら君に夜ふかしはさせなかったみたいだね。ちょっと見損なったよ」

キャロラインは驚いたふりをして眉を上げてみせ

た。「あの人が仕事に差しさわるようなことをするとでも思ったの？　冗談でしょう」

「でも思ったのさ。とにかく、君は楽しんでくれよ。僕は帰ってシャワーを浴びて、ひげをそって、コーヒーで目を覚ます。今日はまた動く標的のテストがあるから、気を引きしめてかからないと。僕はまだ脚がふらついてるよ」

　キャロラインは無精ひげでざらざらした彼の頬にキスをした。「ありがとう、カル。おかげで面倒な手続きをせずにすんだわ」

「おやすいご用さ」言ってから、カルはくすくす笑った。「エイドリアンに頼んでもよかったけどね」

「彼に頼むくらいなら憲兵隊に頼むわ」

「だろうと思ったよ」カルは手を振って宿舎のほうにのろのろと歩きだした。キャロラインはほっとため息をつきながら名札をしっかりととめつけた。


　六時半ごろ、キャロラインがその日のテストのチェックに没頭しているとき、歌うような口笛の音が聞こえてきた。彼女が声をあげて笑いながら目を上げると、二秒後にジョーが戸口に姿を現した。

「これもまた初体験だな」ジョーは言った。「カップも書類も拳《こぶし》も飛ばないなんて」

　彼は飛行服を着ていたが、まだ繃帯はつけていなかった。突然、キャロラインの喉元に心臓の鼓動が込み上げてきた。それまでフライトやテストを前に緊張したことなどなかったのに、急に恐怖で息ができなくなった。それまでは心配などしたことがなかったのに、今、突然、他人事《ひとごと》とは思えなくなった。

　軍の飛行士になれるのは特殊な人間だけだし、戦闘機のパイロットになれる人間はそれ以上にまれだ。今では女性も戦闘機の訓練を受けられるようになったとはいえ、いまだにこの仕事では男性が大半を占める。専門家の分析によれば、女性の戦闘機パイロットには困難に直面したときの冷静さや状況察知能力など、男性パイロットとの共通点もあるにはあるが、それ以外の重要な点で明らかに男性とは異なっているという。男性パイロットは根っから傲慢《ごうまん》で、自負心が異様に強い。そういう人間でなければ戦闘機乗りにはなれない。戦闘機に乗り込んで音速の三倍の速度で空を駆け抜けるだけでなく、機を自由自在に操り、何が起こってもそれに対処し、しかもそれを何度でも繰り返せるという自信を持ち続けるには、そういう図太さが必要だ。戦闘機パイロットの訓練は彼らにもともと備わっているたぐいまれな自負心を強化するにすぎない。

　キャロラインはジョーを見つめた。彼の目には持ち前の淡々とした自信と、ベイビーという名の美女に早くまたがりたいという思いがありありと表れている。ジョーはベイビーのスピードと力、危険と困難を愛している。彼女に思いどおりの飛行をさせて無事に地上まで連れ戻すという自分の能力を少しも疑っていない。何ものにも揺るがないその傲慢な自信は、まるで神を思わせる。

　しかしどんなに能力や自信があっても、やはり彼は人間だ。人間はときには死ぬこともある。

「今日はあなたが飛ぶのね」キャロラインはこわばった喉からやっとの思いで言葉を絞り出した。

　ジョーがかすかにけげんな顔で片方の眉を上げた。

「飛ぶよ」彼は穏やかに応じた。「それがどうかした？」

　どう答えればいいのだろう？　あなたの選んだ職業がこの世で最も危険な職業のひとつだから怖くて仕方がないとでも？　私には自分の不安をジョーに押しつける権利はない。私たちは未来を誓い合ったわけではないし、情事を持つことに同意したとはいっても、まだ正式にそれに手をつけてさえいない。私が恋をしてしまったのはこの人のせいではないし、たとえ彼が同じ思いだとしても、私の不安は口には出せない。ジョーが全神経を仕事に集中しなければならないときに、その気持を乱すような危険は冒したくないから。

キャロラインは不安を押し殺し、冷静さを保とうとした。「飛行服を着てると、あなたはあまりにも……なんていうか……立派すぎて。その下には何を着ているの？」

うまく話をそらすことができた。ジョーは眉を上げて言った。「Tシャツとショーツだ。裸だと思った？」

「見当がつかなかったわ。考えたこともなかったから」キャロラインは手で追い払う仕草をした。「さあ、出ていって。あなたがいると気が散るわ。昨日はあなたのせいで一日中仕事に集中できなかったのよ。だから今朝は近づいてほしくないの」

言ったとたん、キャロラインはしまったと思った。ジョーが冷ややかな好戦的な光を目にたたえて近づいてきた。キャロラインは意図せずに彼に挑んでしまったのだ。負けず嫌いの彼がそれに応じないはずはない。

キャロラインはまだ椅子に座っていた。ジョーはすかさずその上に身をかがめ、両手を椅子の肘掛けに置いて彼女が逃げ出せないようにしてから、キスをした。首をかすかにかしげて唇でキャロラインの口をおおい、圧倒されるほどの巧みさで舌を動かしはじめた。キャロラインの足の爪先が靴の中で丸まった。彼女はあらがうふりさえせずに屈服し、彼のキスを受け入れるどころか熱心に歓迎した。

ジョーがぶるっと身震いし、即座に身を起こした。顔は欲望にこわばっていた。「今夜は何を着てくるつもり？」

キャロラインは彼に触れられてあっけなく飛び散った理性を必死でかき集めた。「わからないわ。気になるの？」

ジョーの目がこれまでにないほど鮮やかに青く見えた。

「いや。ホテルに入って五分後にはどうせ裸になってしまうよ」

頭に浮かんだ光景に圧倒されて、キャロラインは思わず目を閉じた。口がからからに乾いていた。再び目を開けたときにはジョーはいなくなっていた。

ジョーが私の半分でも動揺したとすれば、飛行機なんて飛ばせるはずがないわ。そう思ったとたん、また吐き気をもよおすほどの不安に襲われた。その不安を忘れるには意志の力を振り絞らなければならなかったが、なんとか成功した。いざとなればジョーの冷酷な自制心が、飛行の妨げになるような思いをすべて頭からしめ出してしまうことはわかっていたからだ。彼は飛ぶことを心底愛している。悔しいけれど、それはいくぶん慰めでもある。その愛がある限りジョーは無事でいられるし、キャロラインが望んでいるのはそれだけだからだ。

カルはありがたいことにいつもエイドリアンより早く出勤していたが、その朝はキャロラインに予定を狂わされたので出勤が遅れた。先にやってきたエイドリアンはキャロラインに不快げな目を向け、無言でコーヒーをカップについでデスクに向かった。キャロラインは普段から彼のことなど大して気にしていなかったが、その朝は神経が高ぶっていたせいか彼がいることさえほとんど意識しなかった。彼女は不安と期待の板ばさみだった。頭の片隅では絶えずテスト飛行の危険を思い、別の片隅ではその晩のことを思い描いていた。それを楽しみにしている自分が信じられなかったが、現実には不快な思いをするかもしれないと思っても、期待は冷めなかった。キャロラインはジョーが欲しかった。その本能的な欲求はあまりにも原始的なもので、苦痛の不安さえ洪水の中の楊子《ようじ》のように流し去られてしまった。

　でもまずはテストを終えなければならない。

「愛人のことでも考えているのかい？」エイドリアンが意地の悪い声で言った。

　キャロラインはまばたきした。「え？　あ……ええ、そうよ。ごめんなさい。何かきいた？」

「君の情事のことさ。でもちょっと驚いたね。君が男を相手にするとは思わなかったよ。それとも、たまには気分を変えてみたかったとか？」

　経験がないからといって知識がないわけではない。キャロラインにも彼が何をほのめかしているかはわかった。彼女は冷ややかな目を向けた。正面からやり合って気分をすっきりさせるのも悪くないかもしれない。「私が学校ではいつも男子生徒よりずっと年下で、異性の目に留まるくらい成熟したのは大学を卒業するころだったって、知ってた？」

　エイドリアンは驚いた。ハンサムな顔には当惑の表情が浮かんでいる。「だから？」

「だから、男の人は私がすべてを知ってるものと期待して言い寄ってきたけど、私は男性のこともデートのことも何も知らなかったの。私は同世代の男の子とつきあったことがなかったわ。キスをしたこともなければ、ダンスパーティに行ったこともなかったし、ほかの娘たちがパーティやダブルデートで覚えるようなことも覚えなかった。だから男性に強引に言い寄られたときには怖くなってしまって、逃げるためならなんでも言ったしなんでもしたの。これでわかった？」

　明らかにエイドリアンは腑《ふ》に落ちない顔だった。だがそのうち表情が変わり、信じられないという顔でキャロラインを見た。「つまり君は僕を怖がっていたってことか？」

「ほかにどう感じればいいの？」キャロラインはやり返した。「あなたは私につかみかかって、いやと言っても耳も貸さなかったのよ」

「そんな、僕は強姦《ごうかん》魔じゃないよ！」

「どうして私にわかるの？」キャロラインは立ち上がり、拳を振り上げた。「あなたがあんなに自信家で、どんな女ものにできるなんて思ってなければ、私がおびえていることに気づいたはずよ！」

「君はおびえているようには見えなかったよ！」

「私はおびえるとけんか腰になるたちなのよ」キャロラインは今や彼の前に立ちはだかり、火を噴きそうな勢いだった。「参考までに言うけど、マッケンジー大佐は私がどれほど不安がっているか気づいた初めての人よ。彼は飢えた蛸《たこ》みたいに飛びかかったりしなかったわ」そう、彼はただ憎らしいほど冷静にキスをし、愛撫《あいぶ》をし、完全に覚めきった状態でキャロラインをめろめろにしただけだ。でもそれはエイドリアンの知ったことではない。「あなたのいやみにはもううんざりよ、わかる？　また口を開いたら、その口に靴下を突っ込むわよ」

エイドリアンはショックから立ち直り、同じように敵意に満ちた目でにらみ返した。「君が世間になじめないからって、僕がやましさを感じなければならないのか？　問題があったのは君だけじゃないよ。僕は僕でひどい離婚をした直後だったんだ。妻に僕より二倍稼ぎのある男のところへ逃げられて、少しばかり自信を取り戻したかったんだよ。君の繊細な心理を察してそれに迎合しなかったからって、僕を責めないでくれ。君だって僕の気持に気づかなかったんだからね！」

「じゃ、お互いさまよ。だからもう私に構わないで！」

「ああ、望むところさ！」

キャロラインは足を踏み鳴らして椅子に戻り、どっと腰を下ろした。テストの仕様書を三十秒ほど見つめていたあとで、彼女はつぶやいた。「奥様のこと、同情するわ」

「もと妻だよ」

「今は幸せじゃないかもしれないわ」

エイドリアンは椅子の背にもたれ、キャロラインをにらんだ。「君を怖がらせて悪かったよ。そんなつもりじゃなかったんだ」

キャロラインはうなるように応じた。「もういいわ」

エイドリアンは何かつぶやき、仕事に目を戻した。

それまでキャロラインは怒りで気持をまぎらそうとしていた。怒っている間は気もまぎれたが、対決が終わってみるとまた不安が戻ってきた。それでもエイドリアンとの間のわだかまりがいくぶんでも薄らいだのだから、その点では無駄ではなかった。

イェイツとカルが一緒に入ってきた。カルはまだ寝ぼけた顔をしていたが、キャロラインに向かってにやりと笑い、ウインクした。やがて彼らはそろってコントロール・ルームに出向いた。パイロットはまだそこにいて、そのうちの四人は革ひもやホースや酸素マスクなどの完全装備に身を固め、スピードジーンズをはいていた。ジョーとボウイ・ウェイド大尉が夜の翼に乗り、ダフィー・ディールとマッド・キャット・マイリックがF二二であとを追うことになっている。予想どおり、ジョーは目前の仕事に没頭していた。その姿を実際に目にして、キャロラインの喉元の不安なこわばりがいくらかほぐれた。

キャロラインはジョーを見まいとしたが、見たいという衝動は抑えようがなかった。ジョーは磁石のように視線を引きつけて放さない。それは見事な筋肉に包まれた長身の体や彫りの深い美しい顔だけでなく、彼を取り巻くオーラのせいでもある。ジョー・マッケンジーはねらった敵を容赦なく完璧《かんぺき》にしとめる冷静沈着な戦士だ。彼の体には何世代もの戦士の血が流れている。彼の本能は過去の無数の血なまぐさい戦いの中でとぎ澄まされてきた。ほかのパイロットたちにも同じような本能やオーラがあるにはあるが、ジョーの場合にはそれが濃縮され純化されて、肉体と知性と技術の完璧な統合体になっている。ほかの人たちもそれは知っている。彼らがジョーに向けるまなざしや無意識のうちに示す敬意でそれははっきりわかる。ジョーの地位は確かに敬意に値するけれど、人々が彼をうやまうのは単に彼が大佐でプロジェクトの責任者だからではない。たとえジョーの地位が自分たちより下だったとしても、彼らはひとりの人間でありパイロットである彼を同じように尊敬しただろう。世の中には必ず群れからぬきん出る人間がいる。ジョー・マッケンジーはそのひとりだ。彼は決して企業家や弁護士や医者にはなれなかっただろう。ジョーはジョーであり、自分を最大限に生かすことのできる職業を探しあてたのだ。

彼は戦士。

そしてキャロラインが愛する男。

なぜかキャロラインは息苦しかった。だがそれさえ気にならなかった。非現実の世界にはまり込んで頭がぼうっとなっていた。もう自分をだますことはできない。ジョーに対する自分の無防備さはすでに認めていたが、それがどれほど差し迫ったものかは認めていなかった。彼に心を奪われるのを恐れ、恋をしてはいけないと自分に言い聞かせてきた。でもそれは、すでに遅すぎるという事実から目をくらますための煙幕にすぎなかった。もう体だけでなく気持さえも自分では抑えようがない。ジョーに触れられるたびに体が勝手に反応したとき、それに気づくべきだった。自分のうかつさを弁解するとすれば、恋をした経験がないのでわからなかったと言うしかない。

ジョーとほかの三人のパイロットが部屋を出ていくとき、キャロラインは彼を見ることができなかった。ジョーがちらりとでも目を向けたら、彼女の顔に表れた心の内をすべて見られてしまう。見られたくなかった。ジョーに余計なことを考えてほしくなかった。キャロラインは心のよろいをすべてはぎとられて素っ裸になったような気分で、露出した末端神経がかすかな風のそよぎにもびくりと震えそうな気がした。

四機の飛行機がすべて飛び立つと、技術者たちが端末機の前に群がり、夜の翼の外皮に取りつけたセンサーから送られてくる情報を熱心に見守りはじめた。

半時間後、飛行機はテスト現場の上空に達した。そこで地上から発射されるミサイルを上空からレーザーでねらうのだ。キャロラインは、不測の事態が起こりそうな予感がしていた。経験からいって、新しい装置が実際の場面で理論どおりに働くことはまずないからだ。しかしそれまでテストは順調に運んでいたので、たとえ問題が起こっても大したことではないだろうと楽観的に構えていた。しかし今日はどうやら彼女の予感があたったらしく、確かに不測の事態が起こり、しかも予想と違って問題は重大だった。昨日は正確にミサイルを追跡した照準装置が今日はまるで働かないのだ。ただし今飛んでいる飛行機は前日飛んだものとは違う。業を煮やしたプロジェクト担当士官のひとりが、即座にテストを中止して飛行機を基地に戻し、照準装置を徹底的に調べるようにと命令を下した。

ジョーはかんしゃくこそ起こさなかったが、明らかに不機嫌な顔でコントロール・ルームに現れた。ヘルメットのせいで髪が汗で湿っていた。

「機は格納庫にある」ジョーは冷ややかに言った。彼の怒りはレーザー・チームの一員であるキャロラインにも向けられていた。「そのうち二機は月曜の朝にも飛ぶ予定だ。今日中に問題を突き止めて正してくれ。時間は十分あるはずだ」彼が背を向けて立ち去ると、カルが小さく口笛を吹いた。

イェイツがため息をついた。「さあ、みんな、作業着に着替えて格納庫に行こう。のんびりしてはいられないぞ」

キャロラインはすでに頭の中で原因を絞っていた。レーザー照準装置は新しいものではない。新しいのはその使い方だ。問題はパイロットのヘルメットのセンサーか、ミサイルのそれか、あるいは照準装置を作動させるスイッチかもしれない。ただ気になるのはふたつの飛行機に同時に同じ問題が生じたことだ。製造工程や設計そのものに基本的ミスがある可能性もある。彼女がちらりとカルを見ると、彼は深刻な顔をしていた。カルなら当然、ふたつの飛行機に同じ問題が同時に生じたのは機内のコンピュータのプログラムに問題があるせいかもしれないと考えるだろう。視点は違っていても、ふたりともその問題に含まれる意味には気づいていた。

その日は出だしから順調ではなかった。もしジョーとの一夜が同じような経過をたどったら私は楽しめないかもしれない、とキャロラインは思った。

レーザー・チームは昼休みも取らずに働き続け、センサーをコンピュータで分析して問題を突き止めようとしたが、なんの結果も得られなかった。すべてが順調に作動しているように見えた。それまで問題を起こしたことのないほかの三つの飛行機で同じテストを繰り返し、結果をつき合わせてみたが、やはり何もわからなかった。すべてが合致していた。コンピュータで見る限り、レーザーが動く標的を追跡できない理由は何もなかった。

午後も遅くなり、強大なエアコンをフル回転させているにもかかわらず格納庫内の気温が不快なほどに高まったころ、カルが問題を起こした装置のひとつでもう一度発射機能をテストし、そのあとで問題のない装置のほうも試してみた。理由はどうあれ、おそらくどんな開発計画にもついてまわる小悪魔のせいかもしれないなどと全員が肩を落としていると、今度はコンピュータがトリガー装置の電流にとぎれがあることを突き止めた。原因がそんなに単純なことだったと知って、みんなはますます腹を立てた。昼食まで抜いて何時間も頭がおかしくなるほど考え続けたというのに、原因は一時間とかからずに修正できるようなものだった。

キャロラインはロマンチックなあいびきにうってつけの気分だった。疲れきって、空腹で、暑くて、いらいらしていた。ポケットにクリップでとめつけた名札をにらみつけるように確認してから、彼女はオフィスを出て宿舎に向かった。

冷たいシャワーをゆっくり浴びるといくぶん気分はよくなったが、服や洗面道具を文字どおり投げ込むようにしてバッグに詰める間もまだしかめっつらをしていた。ジョーがあんなに厳しくなければ、みんなあんなに躍起になって問題を解こうとはしなかったし、お昼も食べられたはずよ。私もこんなに疲れきってぴりぴりしていなくてもすんだのに。約束を断ったらどんなにすっとするかしら。

ただ、キャロラインはそこまでばかではなかった。彼女は食事よりも何よりも、とにかくジョーと一緒にいたかった。

ドアにノックの音がしたのはまだ六時ごろだった。キャロラインは服は着ていたが、髪はまだ濡《ぬ》れていて、あいかわらず空腹だった。彼女は勢いよくドアを開けた。「私たち、お昼もとらずに働いたわ」彼女は脅すように言った。「仕事は終わったわ……」そして時計を確かめた。「三十分前に。大したことじゃなくて、スイッチの電流にとぎれがあったのよ。でもそれを見つけるのに何時間もかかったわ。おなかがすいていて集中できなかったから」

ジョーは戸口にもたれかかってまじまじと彼女を観察した。「君は腹がへるといつも不機嫌になるのか？」

「もちろんよ。だれだってそうでしょう？」

「うーん、いや。大半の人間は違うよ」

「そう」

ジョーは片手を差し出した。「じゃ、行こう。何か食べさせるよ」

「髪が乾いていないわ」

「この暑さならすぐ乾くよ。荷物は詰めた？」

キャロラインは小さな旅行かばんを取りに行き、素早く機械的に部屋を一巡して何もかもスイッチが切ってあることを確かめた。ジョーが彼女の手からバッグを取り、外へ促してドアを閉めた。キャロラインはそこに立ち、意味ありげな顔でドアのノブを見つめた。やがてジョーがため息をつきながらノブをまわし、鍵《かぎ》がかかっていることを確かめた。キャロラインは満足し、トラックに向かって歩きだした。ジョーがバッグを車に積み込み、彼女に手を貸して助手席に乗り込ませた。キャロラインはホールターネックのトップにギャザースカートのサンドレスを着ていた。たとえジョーが手を滑り込ませてももう構わないと思ったからだ。何しろそれ以上のことをしてもよいと認めたのだから。しかし実際にジョーの温かい手が布の下に滑り込んで素肌の腿をぎゅっとつかんだとき、彼女は心臓が止まりそうになった。

キャロラインはとたんに何も考えられなくなった。空腹とは別の飢えがつのるのを感じながら、彼女はジョーを見つめた。急に黒ずんだその目とせわしくなった呼吸が飢えを物語っていた。ジョーが腿の内側を指先でなぞり、そしてしぶしぶ手を引っ込めた。

「まず何か食べさせると言ったけど、どうなるかわからないよ」彼はつぶやいた。

7

食事を待ちこがれていたキャロラインだが、おがくずを食べても気づかなかったかもしれない。あとになって思い出すのはレストランが涼しくて薄暗かったことと、辛口のワインがきりりと心地よく舌を刺激したことだけだった。向かい側に座ったジョーは大きく男らしく、青いダイヤモンドのような目に危険な光を浮かべていた。彼も目前に迫った夜のことを考えているのは明らかだった。ジョーは自分が何を考えているかをわざとキャロラインに知らせようとしていた。僕のものだと言わんばかりの目つきでキャロラインを見つめ、彼女の胸元に視線を漂わせ、優しく誘いかけるような低い深い声で話した。

ふたりはしばらくレストランにとどまった。その間にキャロラインの神経はごわごわした毛織物のように毛羽立ち、服が窮屈に感じられて、胸がうずきはじめた。彼女はいきなり言った。「何を待ってるの？」

それまで彼女のドレスの生地の下に突き出した乳首をのんびりとながめていたジョーがゆっくりと目を上げ、青い炎で彼女を焼いた。「君が落ち着いてリラックスするのを待ってるんだ。それに夜が深まって真っ暗になるのを。そのほうが君が安心できるかと思ってね」

「構わないわ」キャロラインは立ち上がった。まるで北欧神話に出てくる乙女の戦士ヴァルキュリヤのように、顔はたけだけしく誇り高く、髪は白く輝いていた。「私をリラックスさせるなら別の方法を考えて」

ジョーもつのる欲望に顔をこわばらせて立ち上が

った。彼が支払いをすませ、ふたりでレストランを出る間、どちらも口をきかなかった。外はまだむっとするほど暑く、地平線に低くかかった大きな赤い夕日があらゆるものを真紅の光で染めていた。その原始的な光がジョーのいかめしい顔を照らし、太古の勇猛な戦士の血筋をまざまざと思い起こさせる。白いドレスシャツに黒のスラックスで装った文明人の仮面も、その光の中ではそらぞらしく見える。むしろ彼はバックスキンのズボンとモカシンをはき、上半身をあらわにして、ふさふさした黒髪を広いたくましい肩の上にさっそうとなびかせるべきだ。

キャロラインは朝の不安を思い出した。ジョーがフライトの間にけがをしたり死んでしまうかもしれないと思ったことを。でもそれは口が裂けても言えない。

ジョーは数あるヒルトンホテルのひとつに宿を取った。ふたりは無言のまま、ふたつの小さな旅行かばんをボーイに持たせてエレベーターに乗り込んだ。

ジョーが選んだのは一寝室のスイートルームだった。ボーイはおきまりの手順どおり荷物を寝室に運び込み、すでにふたりが知っている電気器具や浴室の使い方などを説明し、せっせとカーテンを開けてぎらぎらした日没の光を窓から注ぎ込んだ。ジョーが五ドル札を握らせると、ボーイは立ち去った。

キャロラインはそのときまだ寝室にいた。キングサイズのベッドを見まいとしながら床に根が生えたように立ち尽くし、ジョーがドアをロックして鎖をかける音を聞いていた。やがて彼が寝室に入ってきて静かにカーテンを引いた。とたんに部屋が暗くなり、開いた戸口から差し込む光だけが唯一の明かりになった。部屋の空気そのものがぴんと張りつめるのがわかった。ジョーは黒い革のバッグからコンドームの箱を取り出し、ベッドの横のテーブルの上に置いた。

「ひと箱も？」キャロラインは自分の声とは思えないしゃがれ声できいた。

ジョーが近づいて彼女のうしろに立ち、手際よくドレスを脱がせた。ドレスが肩からずり落ちると同時に彼が言った。「これがなくなったら、下のギフトショップに行ってもっと買ってくるよ」

キャロラインは急にぶるぶる震えだした。ドレスの下にはパンティしか身に着けていなかったからだ。ブラもスリップもストッキングも着けていなかった。ドレスが足首のまわりに落ちると同時に、彼女は裸でジョーの前に立っていた。胸はこわばり、乳首は切なげに突き出ている。ジョーが彼女を抱き上げると、靴はドレスの生地に引っかかって床に置き去りになった。

ジョーはベッドに片膝をついてキャロラインを横たえると、膝をついたまま手際よく素早くパンティを脚からはずした。その小さな下着がどれほど心強いよろいであったか、それがなければどれほど無防備な気分になるか、そのときになって初めてキャロラインは気づいた。彼女はわけのわからない反論をつぶやきながら起き上がろうとした。何しろ彼女が裸なのに、ジョーはまだしっかり服を着ている。しかし自分をベッドに押し戻すジョーのぎらぎらした目を見て、キャロラインはもがくのをやめた。

ジョーは身動きを止めてゆっくりとキャロラインの体をながめまわし、とうとう彼女が一糸まとわぬ姿で目の前に横たわったという素朴な満足感を味わった。キャロラインの柔らかな体は無防備にそこに差し出され、すでに興奮のきざしを表している。乳首は濃く赤らんでつぼみのようにふくらみ、ほっそりした腿はその間のひどく敏感な肌を守るように本能的にぴったりと押し合わさって、かすかに震えたり屈伸したりしながらそれとなく誘いかけている。小高い丘を飾る縮れ毛は髪よりほんの少し明るい色だ。口元にふと笑みをよぎらせながら、ジョーは思い出した。今までキャロラインの髪の色は染めたものだと思っていたけれど、目の前の証拠に従えば、あれはまぎれもなく本物だったらしい。その金色の縮れ毛を見ているうちに、急にジョーは見ているだけでは満足できなくなった。

ジョーは彼女の胸に片手を触れ、そっと包んだりもんだりしながら、ごわごわした親指で乳首を丸くなぞった。乳首がますます硬くこわばり、キャロラインがあえぐと同時に胸がふくれ上がり、いっそうぴったりと彼の手のひらを満たした。ジョーは同じように冷静沈着な仕草でもう一方の手を彼女の下腹に滑らせ、脚の間にそっと押し入れると、柔らかなひだに指を押しつけた。キャロラインの全身に電流が走り、腰が無意識のうちにベッドから持ち上がった。ジョーの親指が乳首にごわごわと感じられたとすれば、脚の間の敏感な肉に触れる指はますますごわごわと感じられる。キャロラインはごくかすかな刺激にも激しく身を震わせた。

キャロラインは耐えられなくなり、いきなり身を起こしてベッドの上に膝立ちになった。胸は激しい呼吸に波打っていた。ジョーが立ち上がり、シャツのボタンをはずしはじめた。

彼がシャツを脱ぐと、たくましい上半身があらわになった。ブロンズ色の胸には柔らかな黒い胸毛がくっきりとしたひし形を描き、そこからなめらかな線となって腹の真ん中まで続いている。乳首は小さく、黒々として、引きしまっている。ジョーは靴を脱ぎ捨て、細く長い指でベルトのバックルをはずし、ジッパーを下ろし、スラックスと下着のウエストバンドに同時に指を引っかけて引き下ろした。キャロラインのほっそりした体から片時も目を離さずに、腰をかがめて服を脱ぎ、再び身を起こしたときには彼女と同じように一糸まとわぬ姿になっていた。

見るからに屈強そうなその体は恐ろしいほどだった。その気になれば、ジョーは何もせずにキャロラインを圧倒できる。鉄のように硬い筋肉が平たい腹にうねを描き、あばら骨や長い腿に筋を立てている。下腹から太く硬く突き出した男性が欲望にうずいてどくどくと脈打っているのが手に取るようにわかる。それに反応して熱くなった血が下腹部のうずきと同じリズムで血管の中を駆けめぐるのを感じながら、キャロラインは本気で疑いはじめた。本当にこんなことができるのかしら？　彼女はかすかな悲鳴をもらした。

「何も言わないで」ジョーがささやいた。「気を楽にして」彼の硬い手が優しくキャロラインの肩をつかみ、気がつくと彼女はまたベッドに横たわっていた。その横にジョーが横たわり、キャロラインを抱き寄せると同時に、大きな体から発せられる熱が彼女を包んだ。キャロラインはジョーの裸に圧倒された。もう彼の強烈な性は衣服や社会の制約に装われてはいない。ジョーは言葉にならないつぶやきでキャロラインをなだめ続けながら、両手でじわじわと彼女の全身に火を広げていく。

そのドラマチックな状況にとまどって、キャロラインは彼にしがみついた。すでにジョーに導かれて官能の世界に足を踏み入れたつもりでいたのに、あれはただ戸口でうろうろしていただけだと今になって気づいた。もし今快感を感じなければ、きっと一目散に逃げ出しているだろう。でもこの快感は……そう、この快感は知らぬ間にじわじわと広がって頭をまひさせ、こわばった筋肉を解きほぐしていく。やがて緊張が消えたとき、突然その快感がすさまじい嵐《あらし》に変わって神経や筋肉を打ち砕いた。キャロラインのほっそりした体が小刻みに震え、再び弓のようにそり返ったが、今度は別の理由からだった。動物のように鋭い本能を備えたジョーは即座にその違いを感じ取った。彼の両手は今や相手をなだめるためではなく、興奮をいっそうかき立てるために確固とした目的を持って動きはじめた。

ジョーの口はキャロラインの乳首をむさぼり、濡《ぬ》れてビーズのように硬くなったそれを歯でいたぶり、舌でなだめた。キャロラインは彼の腕の中で身をくねらせ、腰を持ち上げ、戦士を激励する太鼓のリズムで揺り動かした。またしてもジョーの指が柔らかなひだの間に押し入り、濡れてふくれた熱い欲望を探りあてた。無意識のうちにキャロラインの脚が広がり、ジョーは即座にその機に乗じた。彼が長い指を一本、慎重に押し入れると同時に、キャロラインの喉から動物のうめきがもれ、腰が波のようにうねって彼の手に押しつけられた。ジョーはその体勢のまま、欲望にぬくもったキャロラインの体の匂《にお》いやなめらかな肌の感触に酔いしれた。もし彼女を自分の中に吸収できるものなら、あとさきも考えずに彼女を抱き寄せていただろう。ふたつの体をひとつに溶け合わせたいという衝動はそれほど激しかった。

指先の感触からキャロラインの興奮の高まりと処女性の強さを同時に感じ取ったジョーは、耐えがたいほどの期待に胃の筋肉がこわばるのを感じた。もうあまり待てそうにない。しかし彼はキャロラインがすすんで痛みを受け入れるようになるまで彼女の興奮をあおりたかった。そうすれば結合の喜びはいっそう深まるはずだ。キャロラインの体はあまりにも固くしまっていて、思いどおりにできるかどうかわからない。それでもその甘美な深みに突入しなければきっと気が狂ってしまうだろう。

快感の拷問の中でキャロラインはますます身をそり返らせ、金色の髪を振り乱しながら首を激しく左右に動かし、両手でやみくもにジョーにしがみついた。やがてうめき声をあげながら、彼女はジョーの胸に爪を食い込ませた。「お願い」その声はしゃがれていた。「今よ、お願い！」

ジョーももうそれ以上は待てなかった。彼はキャロラインの腿を押し広げて彼女の上に重なり、体の重みで彼女をマットレスに押しつけながら、柔らかくほてった肉の中に硬い欲望を押し込んだ。その圧力を受けてキャロラインの体が開きはじめるのがわかった。だがそのとき、むき出しになった皮膚の鋭敏な感触に気づいてジョーははっと我に返り、狂おしいほどの接触から体を引き抜いた。彼はベッドわきのテーブルの上から箱を取り、銀色の小さな包みをひとつ取り出すと、それを歯で引き裂いた。

「やめて」キャロラインが怒ったように言い、彼の手を押しのけた。「今はやめて、最初だけは。あなたを感じたいの、あなただけを」

熱情に黒ずんだキャロラインの目がジョーをにらみつけた。そのほてった細い体は原始的な欲求を訴えている。処女を捨て去る覚悟で脚を開き、裸で横たわったその姿は、大胆でみだらで、ますますヴァルキュリヤのようだ。彼女はジョーの支配力に挑み、大昔から変わらないこの豊饒《ほうじょう》の儀式の中で彼の肉体と種を要求している。

ジョーは両手をついて上半身を支え、荒々しい表情で再び腰を彼女の腰に近づけた。彼はキャロラインと違って経験が豊富だ。これがどんなに危険なことかは心得ている。しかし彼も今だけは、最初だけは、何もまとわずにキャロラインを抱きたかった。

最初の鈍い突きに、キャロラインの体が凍りついた。

ふたりは見つめ合った。圧力を増すにつれてジョーの頬の筋肉がかすかに引きつった。恐れていた痛みが現実のものになっても、キャロラインは彼を押しのけようとはしなかった。ジョーに奪われたいという思いは苦痛など気にならないほど強かった。ジョーは手加減はしなかった。容赦なく押し入り、奥へ奥へと突き進んで、ふくれ上がった欲望を強引に柔らかな肌に包み込ませた。キャロラインは耐えられずに激しく身をそらせたが、すぐに耐えられることに気づいた。ジョーがしゃがれたあえぎをもらした。

「そうだ」彼はこわばった声で言った。「そうだよ、ダーリン、僕を受け入れてくれ。さあ、もっと、もう一度」ジョーは彼女の感触に圧倒された。まるで熱い絹のようだ。引きしまって、濡れて、信じられないほど柔らかい。

やみくもな衝動に駆られてキャロラインが従うと、突然、彼が根元までしっかりと落ち着いた。その確固とした充実感に、キャロラインの目に熱い涙が浮かんできた。めいっぱい皮膚を引き伸ばされたようなその感触は耐えがたいものだったが、それでも彼女は耐えた。耐えられなければ途中でやめるしかないが、それは不可能だ。彼女はためらいを忘れるほど激しい本能的な欲求に突き動かされていた。ジョーの硬い胸が彼女の胸にぶつかり、彼の手が彼女のヒップを乱暴につかんで自分の腰に押しつけた。全身に鋭い快感がはじけるのを感じながら、キャロラインは彼にしがみつき、すすり泣き、あえぎ、叫んだ。

ジョーは歯を食いしばって興奮を抑えながら激しく突き続け、クライマックスに達したキャロラインの身震いをあおった。しだいに震えが止まり、筋肉の緊張がほどけ、ジョーの腕の中で彼女がぐったりとなった。キャロラインは猫が喉を鳴らすような声をもらした。「ジョー」彼女はただ名前だけをつぶやいた。そのけだるげな満ち足りた声音を聞いて、ジョーは危うく我を忘れそうになった。

「さあ」ジョーはしゃがれ声で言い、膝をついて身を起こした。今度は彼の番だ。すでに抑えられないほどに欲求は高まっている。ジョーはキャロラインの脚の間に両手をついて身をかがめ、腕に彼女の脚を引っかけて高く持ち上げた。今やキャロラインは完全に無防備な体勢で、どんなに深く突かれても抵抗できない。ジョーはその体勢を存分に利用し、たくましい肩を怒らせて力をこめながら深く激しく突き続けた。キャロラインのときと同じように、クライマックスは突然、なんの予告もなく、暴走機関車のように襲いかかってきた。ジョーはその勢いに打たれて激しくけいれんし、喉の奥からしゃがれた叫びをもらした。けいれんはいつまでも続き、下にいる女の熱い深みの中に彼のすべてを注ぎ込んだ。とうとうけいれんがやむと、ジョーはどっとキャロラインの上に倒れ込んだ。胸はせわしく波打って必死に空気を吸い込み、心臓は狂ったように音をたてている。体に力が入らず、キャロラインの上からころがり下りることもできなかった。ほかの女と抱き合ったときはもちろん、飛行機で急加速したときでさえそんな気分になったことはなかったのに。

ジョーはうとうとと眠り込んだ。普通なら重いといって抗議するところだが、代わりにキャロラインは彼を抱きすくめ、自分の体をマットレスに押しつけている大きな体の感触を味わった。動くことも息をすることもできないのに、天国にいるような気分だ。体中が、とりわけジョーがいまだに心地よく収まっている両脚の間が痛むけれど、細胞のひとつひとつに染み込むような満足感に満たされて不快感など感じない。キャロラインはうっとりと目を閉じた。何もかも期待どおりだった……むき出しで、貪欲《どんよく》で。ただ悔やまれるのは、ジョーが持ち前の腹立たしいほどの自制心を失わなかったことだ。少々揺らぎはしたけれど、それでも持ちこたえた。キャロラインのほうはとどまるところを知らない熱情に完全に振りまわされていたというのに。

「キャロライン」声がすると同時にジョーの唇が彼

女の唇に触れた。キャロラインは眠たい頭で思った。いつの間にか眠っていたらしい。ジョーが動いたのは感じなかったけれど、彼は今、両肘をついて体を支え、彼女の頭を両手で包んでいる。キャロラインは即座に反応し、唇を開いた。

しばらくして、ジョーがしぶしぶキスをやめ、からまった体をそっとほどいた。彼が浴室に行き、濡らしたタオルを持って戻ってくるまで、キャロラインはベッドの上にぐったりと横になっていた。ジョーに体をふかれるのは気恥ずかしいはずだが、それさえどうでもよかった。体がきれいになると、キャロラインは眠たい猫のようにあくびをして、横向きに丸くなった。「出血してた？」彼女はたずねたが、大して気にしている口調ではなかった。

「ほんの少しだけだ」ジョーは彼女が手放しで与えてくれた強烈な満足感に感動しながら、いとしげに彼女のヒップをなでた。キャロラインはすべてをさらけ出し、未知の不安や苦痛にもためらうことなく猛然と身を投げ出した。ジョーはそこまで無条件に無制限に求められたことはなかったし、求めたこともなかった。ほかの女たちはみな彼の欲望の激しさにおじけづいたが、キャロラインはそれを喜んだ。実際、ジョーがあれほど激しくなったのは初めてだし、自分の性衝動の強さに屈したのも初めてだった。彼はたけり狂う性の衝動をいつも無情なまでに抑え込んできた。それなのに今回はそれに屈したばかりか、なんの予防策も講じなかった。あの無責任な一度の行為でキャロラインを妊娠させてしまったかもしれないのだ。

普通なら自分に腹を立てて愛想を尽かすところだが、なぜかそうはならなかった。あまりにも心地よい体験だったので、後悔など入り込む余地がない。ジョーの頭に不吉な光景が浮かんできた。大きな腹に彼の子を宿したキャロラインの姿だ。驚いたことに、ジョーはまた興奮していた。

　キャロラインは眠っていた。ジョーはタオルを浴室に戻して寝室に引き返すと、ベッドカバーをはぎ取り、ひんやりしたシーツで彼女を包んだ。キャロラインが小声で何かつぶやいた。ジョーがその隣に滑り込むと、キャロラインはごく自然に彼のぬくもりを求めてすり寄ってきた。ジョーは彼女の頭を肩の上に落ち着かせ、空いた腕を彼女の腰にしっかりと巻きつけて抱き寄せた。そして先刻と同じくらい簡単に眠りについた。

　次に目を覚ましたとき、ジョーは二時間ぐらい眠ったようだと思った。彼の体内時計は正確だ。体はうずくほど欲情していた。彼が愛撫《あいぶ》でキャロラインを目覚めさせるころには、彼女も興奮していた。今度はさすがにジョーもコンドームを使うと言い張ったが、ふたりが完全に溶け合うのを妨げる薄い壁が腹立たしくてならなかった。そんなふうに感じたのは初めてのことだ。最初のときに繊細な肌を傷つけていたキャロラインは、ジョーが入っていくとかすかに息を詰まらせたが、たとえ彼が手加減したくてもさせなかった。優しくするのはあとでもできる。今はただ満ち潮のような欲望があるだけだ。それを解放しなければならない。ふたりは闇《やみ》の中で荒い息づかいとベッドのきしむ音だけを聞きながら、波のようにからみ合い、ぶつかり合った。

　そしてまた眠った。ジョーは夜の間にさらに三回目を覚まし、キャロラインを起こした。この性急な欲望はいつになったら薄れるのだろう?

　翌朝八時過ぎにジョーが目を覚ますと、まぶしい朝の光が分厚いカーテンを勇ましく差し貫こうとしていた。部屋は薄暗く、エアコンが静かにうなり、気温はほどよい涼しさに保たれていた。夜の間の無節制な行為のせいで体がずきずき痛んだ。

　キャロラインは彼に背を向けて丸くなっていた。

一瞬、ジョーはその繊細な背骨に見とれた。こんなに柔らかくて繊細な体が、どうしてあんな激しい要求に耐えられたのだろう？

ベッドはひどいありさまだった。カバーははぎ取られてよじれ、大半は床の上に落ちている。そのひと隅を夜の間にキャロラインが引き上げて胸にかかえ込んでいた。マットレスにたくし込んだ下のシーツまでがゆるみ、枕《まくら》がひとつベッドのヘッドボードの下に押し込まれている。枕が三つあったのははっきり覚えているが、ほかのふたつはどこにいったのか見当もつかない。しかし何度めかの貪欲な行為の最中に枕のひとつをキャロラインの腰の下にあてがったのははっきり覚えている。ジョーはあくびをしながら思った。キャロラインはメイドが来る前にベッドを直したがるだろうか？　直しても仕方がないという気がするが。

空腹を覚えて、ジョーは彼女をそっと揺さぶった。

「朝食は何にする、ダーリン？　電話でルームサービスを頼むよ。待っている間に風呂に入ればいい」

キャロラインは目を開けた。「コーヒー」

「ほかには？」

キャロラインはため息をついた。「食べ物」そしてまた目を閉じた。

ジョーは笑った。「もう少し具体的に言ってくれないか？」

キャロラインは考えた。「緑のものはだめよ」やがて彼女はベッドに顔を押しつけたままつぶやいた。

「私、朝は緑のものは食べられないの」

ジョーは思わずぞっと身震いした。考えてみれば、彼も朝は緑のものは食べる気になれない。

ジョーはくるみ入りのワッフルとベーコンをふたり分に、コーヒーとオレンジジュースを注文した。ご注文をお届けするのに四十五分から一時間ぐらいかかります、と電話の向こうで事務的な声が言った。

ジョーはそれで構わないと言って電話を切り、もう一度キャロラインを揺さぶった。

「シャワーがいい？　それとも浴槽？」

「浴槽。シャワーじゃ座れないわ」

ジョーは浴室に行き、やたらに大きな浴槽の蛇口をひねった。浴槽の大きさにもかかわらず、水はあっという間にいっぱいになった。彼は浴室に戻り、キャロラインを抱き上げた。彼女は信頼しきってジョーの首に腕を巻きつけた。「すごく痛むのか？」ジョーは気づかうようにきいた。

「どうしようもないほどじゃないわ。あなたがききたいのがそういう意味なら」キャロラインは彼の肩に頬をこすりつけた。「ただ、歩けないだけよ」

ジョーはキャロラインを抱いたまま浴槽に入り、湯の中にそろそろと身を沈めた。そして浴槽の端に寄りかかり、彼女の背中を自分の胸にあてて脚の間に座らせた。温かな湯が脚のこわばりをほぐし、脚の間にある不快な痛みが和らいでくるにつれて、キャロラインは気持よさそうにため息をもらした。

夜の間にふたりが交わした親密な行為や今の一糸まとわぬ状態を気恥ずかしく思っても当然のところなのに、キャロラインは少しも気まずさを感じなかった。自分がごく自然にあるべき姿でそこにいるという気がして、骨の髄まで満たされた気分だった。これまでそんな気持が存在することさえ知らなかった。ジョーは私のもの、私はジョーのもの。なぜ恥ずかしがることがあるの？

ジョーはいい匂いのする石けんを手で泡立て、キャロラインの繊細な部分をそっとなでるようにして洗った。そこは別の部分よりも特に気をつかわなければならないような気がしたからだ。洗い終わるころには、キャロラインは体がぽかぽかしてきた。ジョーも同様だったらしく、彼の男性は硬く大きくなっていた。今度はお返しにキャロラインが彼を洗ったが、じきにルームサービスが届くこともあって、彼は高まった欲望を発散しようとはしなかった。

浴室のドアの内側にフードつきの分厚いタオル地のローブがふたつかかっていた。ふたりがそれをはおってわずか二分後に、ドアにノックの音がしてルームサービスが届いた。ボーイがワゴンを固定し、皿のカバーを取り去る間に、ジョーが注文書にサインした。

おいしそうなコーヒーの匂いに誘われてふらふらと寝室から出てきたキャロラインを見て、ジョーの目が再び欲望に鋭く光った。キャロラインは化粧もせず、髪はくしゃくしゃで、分厚いバスローブをまとっているが、それでもジョーがこれまでに寝た、あるいは見ただけの女たちより心をそそる。彼女の同僚たちは身なりに気をつかう彼女を見てミス・ユニバースと呼ぶのかもしれないが、ジョーが惹《ひ》かれるのは別の部分だ。

キャロラインは恥も外聞もなく貪欲に食べた。その食べ方までが興奮をそそる、とジョーは思った。食べ終わると、彼女は椅子の背にもたれて満足げにため息をつき、ジョーにほほえみかけた。けだるげなその笑みを見て、ジョーの血が沸き立った。

「今日は何をするの？」

ジョーは黒い眉を上げた。ブルーの目はダイヤモンドのように硬くまぶしく、底に炎を宿していた。

「僕はこの週末はずっとこの部屋から出ないつもりだよ」彼は淡々と言った。「コンドームがなくならない限りはね」

キャロラインはゆっくりと立ち上がった。「それもルームサービスで頼めるかもしれないわ」彼女は急にこわばった声で言い、次の瞬間にはジョーの腕に抱かれていた。

8

その週末、キャロラインは肉欲におぼれた。無機的なホテルのスイートルームはふたりの熱情のオーラと記憶をたっぷり吸収して、とても個人的な場所になった。ふたりは一度も部屋を出なかった。食事はルームサービスですませ、バスローブ以外、服を身に着けることはまったくなかった。

愛人として、ジョーはキャロラインの貪欲《どんよく》な熱情に十二分に応《こた》えた。キャロラインは決して中途半端なことはしない。以前は徹底して処女を守り、今はまた徹底して自分を与えている。ジョーはそれまで自分の欲望を野放しにしたことはなかったが、キャロラインといるとそれができた。腹がいっぱいになっても、もうたくさんだとは決して思わない。飢えは何度でも繰り返し襲ってきた。

ジョーは自由奔放だった。粗野で、勇猛で、キャロラインを突風のようにさらい、彼女が想像もしなかったテクニックや体位を次から次へと伝授した。あるときは彼が上になり、あるときは下になった。うしろにまわることもあれば、口を使うこともあった。そしてキャロラインに口を使って彼を喜ばせるこつを教えた。浴槽の中でも、長椅子の上でも、床の上でも、たまたまふたりのいる場所がそこなら、彼はどこでもキャロラインを抱いた。

電話のベルは一度もならず、外の世界がふたりをわずらわすことはなかった。ほかのことを一切忘れ、そこまで完璧《かんぺき》に徹底的にだれかと親密な時を過ごしたのは、キャロラインには初めてのことだった。彼女は仕事のことも考えず、本を読みたいとも思わず、ただひたすら体験した。

日曜の朝を迎えるころには最初の狂おしいほどの飢えは治まり、ふたりはもっとのんびりと抱き合うようになった。それと同時に興奮した状態も満ち足りた状態も辛抱強く長引かせることができるようになった。一時間ほど抱き合って満足したあと、ジョーが遅めの朝食を注文した。それからふたりは居間にゆったりと腰を下ろしてくつろぎ、テレビのニュースを見た。キャロラインは満足げに目をとろんとさせてジョーの横に丸くなっていた。

ジョーが彼女の金色の髪をひと房持ち上げ、はらりと落とした。日の光を反射して髪がきらきら輝いた。「ご両親はどこにいるんだ？」彼は上の空の声できいた。自分の質問よりも光の反射に気を取られているようだ。

「普段？　それとも今この瞬間？」キャロラインの声もそれに劣らずけだるげだった。

「両方」

「普段はノースカロライナにいて、大学で教えているわ。今はギリシャよ。夏いっぱい、文化研修のツアーに出ているの。九月の中ごろには戻る予定よ」

「子供のころ、君は寂しかった？」

「そう思ったことはないわ。とにかく勉強がしたくて、学んでも学んでも満足できなかったの。私は一緒にいて愉快な子供ではなかったと思うわ。あの人たちが親でなかったら、たぶん完全に神経衰弱になっていたわね。でも両親は私が欲求不満に苦しまないように助けてくれたし、私が学ぶことを制限しようとはしなかったわ」

「たぶん手のつけられない子供だったんだろうね」

「たぶんね」キャロラインはすんなり認めた。「あなたはどうだったの？」

ジョーがすぐに答えないのを見て、それまで満ち足りていたキャロラインの心にかすかな不安が忍び込んだ。ジョーはパイロットとしての経験や仕事のことは気軽に話すが、私生活についてはひどく口が重い。自分が混血であることや、弟が三人に妹がひとりいることを話したときには少し打ち解けたものの、それ以外はほとんど話さない。子供のころのことを話して自分の内面をかいま見せることもしない。もちろん、キャロラインはまだ彼と知り合ったばかりだ。正確に言えば知り合ってから一週間もたっていない。ふたりの関係があまりにも急速に激しく発展してしまったので、時間の流れがひどく長く思えるだけだ。

「いや、僕は扱いにくい子供じゃなかったよ」とうとうジョーが言った。その声にはよそよそしさが感じられた。

「弟さんや妹さんは？」

キャロラインはジョーに寄り添っているので、彼の筋肉がかすかにほぐれるのがわかった。「妹だけかな。でも別に乱暴だったり不機嫌だったりするわけじゃなくて、ただすごく頑固なんだ。体は小さいくせに蒸気ローラーみたいにがむしゃらでね」

ジョーの声には家族への愛情がありありと表れている。彼が話し続けてくれるのを願いながら、キャロラインは彼にすり寄った。「弟さんと妹さんはいくつなの？　名前は？」

「マイケルは十八だ。ついこの間高校を卒業して、来月から大学に行く。牧場の仕事に興味があって、たぶん大学を出たら自分の農場を持つんじゃないかな。ジョッシュは十六で、きょうだいの中ではいちばん気だてがいい。あの年ごろの僕がそうだったように、飛行機に夢中だけど、困ったことに海軍の飛行士になりたがってる。ゼインは十三で、とにかく……気性が激しい。無口で何をしでかすかわからないところはおやじそっくりだよ。それからメアリスだ。まだ十一なのにひどくませててね。年のわりにきゃしゃで、風が吹いたら飛んでいってしまいそうに見えるくせに、意志だけは強い。僕らはみんな馬の扱いがうまいけど、おやじはほとんど神わざ的だ。それにメアリスもね」

「義理のお母様は？」キャロラインはジョーに話し続けさせるためならなんでもきいた。

ジョーはふと笑った。「メアリーか。彼女は君よりも小さいよ」

キャロラインは身を起こした。「私は小さくなんかないわ」彼女は挑むように顎を突き出した。

「でも背が高くもないだろう。平均よりは小さいよ。僕より三十センチも低い」ジョーは彼女を座らせ、肩のくぼみに彼女の頭を落ち着かせた。「メアリーについて聞きたいのか、聞きたくないのか？」

「続けて」キャロラインが不機嫌に言うと、ジョーが彼女の額にキスをした。

「メアリーは気さくで情が深くて、いったんこうと決めたら絶対に譲らない人だ。教師をしていてね。僕が士官学校に入れたのは彼女の個人教授のおかげだよ」

「じゃ、お父様が彼女と再婚なさったとき、あなたはいやじゃなかったのね？」

「いや？」ジョーはまたふと笑った。「僕はあのふたりをくっつけるためならなんでもしたよ。といっても、それほど難しいことじゃなかったけどね。おやじは柵《さく》に入れられた種馬みたいで、とにかくメアリーが欲しくて、柵なんかいくらでも蹴《け》散らして乗り越えてやるって感じだったから」

父親の男としての性格をあけすけにすんなりと認めているジョーを見て、キャロラインはほほえんだ。彼女自身は両親を性的な存在として思い描くことなどとてもできない。たぶん両親がそうではないからだろう。キャロラインが生まれたのだから、当然夜の生活はあるはずだが、ふたりとも感情をあまり表さず、肉体的なことより知的なことに関心がある。

たぶん両親の性生活は、ジョーがキャロラインを引き込んだような、激しい、むき出しの、みだらな情事とは違って、穏やかな愛情に満ちたものなのだろう。

「お父様は？　どんな方なの？」

「したたかで、何をしでかすかわからない。しかも世界一の父親だ。僕は子供のころでさえ、おやじは僕のためなら死も恐れず戦う人間だと思ってた」

　自分の親をそんなふうに描写する人はあまりいない。それでもキャロラインはジョーを見ていると、彼の父親の無謀さをやすやすと想像できた。きっとふたりは似たもの親子なのだろう。

「僕のことはもうこれぐらいでいいよ」急にジョーが言った。しかし実際、彼は自分自身のことはほとんど話していない。キャロラインは彼の内面を守る鋼鉄のドアが再び音をたてて閉まるのを感じた。ジョーは彼女を抱き上げて膝の上にまたがらせ、ローブの前をはだけると、両手で胸を包んだ。「僕は君のことを知りたいんだ」

　キャロラインは身震いし、胸を見下ろした。柔らかな白いふくらみを褐色の手がおおっている。「そこはもうあなたには未知の領域じゃないでしょう」

「そうだ」ジョーの青い目が黒ずみ、鋭くなった。彼はキャロラインの腹から脚の間へと片手を滑り込ませ、そっと探った。「ここも未知の領域じゃないが、前よりずっと興奮をそそるよ。前は想像するしかなかったけど、今はもう君がどれほど熱くてしまっているか知っているし、僕が触れたとたんに濡《ぬ》れはじめることも知っている」彼はがさがさした一本の指で繊細な割れ目を驚くほど巧妙に愛撫《あいぶ》した。熱い鋭い快感が体を突き抜け、キャロラインは身震いした。筋肉が引きしまり、ジョーの求めているうるおいがにじみ出てきて、体は即座に受け入れ態勢に入った。ジョーが指を少し押し込むと、キャロラインの体は活気づき、息がため息となって肺から出たり入ったりして、小刻みな震えが全身をおおった。ジョーは自分のローブを開いた。彼もすでに種馬のように興奮し、細長い鼻孔が女の匂《にお》いにふくらんでいた。ジョーは片手でキャロラインの腰を引き寄せて位置を定め、別の手で自分自身をつかんで支えた。かすかな叫び声とともにキャロラインが彼を包み込んだ。ジョーは手を動かしながらさらに彼女を引き寄せた。

「僕は今では君がどれほど柔らかいか知っている」ジョーはささやいた。「僕のまわりで君がどんなふうに震えて、その小さな優しい筋肉が僕をしっかりつかもうとしてどんなにきつく……ああ！」最後の言葉は低く乱暴につぶやかれた。キャロラインにはほとんど聞こえなかった。彼女は飢えに駆られ、すでに高まった興奮を解き放とうと動きはじめた。

　その動きを止めようとするように、ジョーの指がキャロラインのヒップに食い込んだ。キャロラインは切なげな声をあげた。だがそのうちまたジョーが乱暴な言葉をつぶやき、激しく性急に動かしはじめた。先刻ののんびりとした抱き合い方とは違って、性急で乱暴で単純だった。キャロラインはけいれんしはじめ、彼の肩をつかんでバランスを保った。ほんの少し遅れてジョーがそれに合流し、たくましい首筋に血管と腱《けん》を浮き出させて首をのけぞらせた。

　その行為自体よりも回復のほうが長い時間がかかった。キャロラインは疲れきった体をジョーの胸にもたせかけ、何も言わずにしばらくそうしていた。ジョーが彼女の顔からそっと髪を払い、そしてぎゅっと彼女を抱きすくめた。

「僕は君の体をあまり気づかってこなかったね」彼は静かに言った。「これで二回めだ」

　キャロラインはそれ以上気づかってもらうことなど考えられなかった。「何が？」彼女はつぶやいた。

「避妊せずに君を抱いたことだよ」

「でも私が頼んだのよ」キャロラインは目をつぶり、肌身に感じる彼の感触を記憶と現実の中で味わった。「私はあなたのすべてを知りたかったし、感じたかったの」

「最初のときはね。でもあのときでさえ、僕はもっと考えるべきだったよ。それに今度はどんな言い訳も立たない」

ジョーの厳しい口調を聞いて、キャロラインは身を起こし、真正面から彼の目を見据えた。「私は子供でもばかでもないわ、ジョー。リスクは承知の上だし、責任の半分は私にあるわ。ノーと言えたのに言わなかったんだから。それにリスクはそんなに大きくないわ。私みたいに好奇心の強い人間のいいところはなんでも知りたがることよ。だからこのことも本で読んで、周期もタイミングもみんな知ってるわ。私たちはかなり安全よ。冷や汗をかきながらカレンダーを見守る必要がないぐらい安全よ」

「保証はないよ。周期法なんて一か八《ばち》かよりましな程度だ。前にも言ったけど、僕はギャンブラーじゃない」

「それがそんなに気になるの？」キャロラインは腹のすわった声できいた。

「君は気にならないのか？」

キャロラインはうなずいた。「ええ、ならないわ」その声は静かで岩のように断固としていた。

ジョーが鋭い目を向けた。なぜ、ときかれるのをキャロラインは待ち受けたが、彼はきかなかった。

「次の生理が一日でも遅れたら知らせるように」

そのあからさまな命令口調を聞いて、キャロラインはさっと敬礼し、大声で答えた。「はい、上官どの！」ジョーはときどき大佐そのものになる。

ジョーは笑い、キャロラインの腰を軽くたたきながら彼女を膝から下ろした。キャロラインはそこに立ち、ローブの前を引き寄せた。

「ここはいつ出なければいけないの？」

「チェックアウトは遅くしてある。夜の六時だ」

つまりふたりだけの世界に閉じこもっていられるのもあと数時間というわけだ。驚いたことに、キャロラインはその部屋で過ごし、メイドにものを頼み、ジョーをひとり占めにし、肉体の喜びに酔いしれることに、あっという間に慣れきっていた。この隠遁《いんとん》生活が一週間も続いたらうんざりするかもしれないが、それでもその一週間を過ごしてみたかった。でもそうはならない。明日になればふたりともまた仕事に戻る。キャロラインは地上で、ジョーは空で。明日になればキャロラインはまたあの不安と闘わなければならない。なぜなら彼女の愛する男は危険な仕事をしていて、それをやめさせることはできないからだ。やめさせるべきでもない。ジョーは鷲《わし》だ。地上に降りるのは死んだときか年老いたときだけ。彼とずっと一緒にいられるのなら、キャロラインは何年でも無言の恐怖を喜んで耐え忍ぶだろう。

でも今は、また現実の生活に戻らなければならなくなるまで一分も無駄にはしたくなかった。

その週末がジョーにとってなんだったのか、キャロラインにはわからない。快楽だけでこと足りる数日の熱烈な情事にすぎなかったのかもしれない。しかしキャロラインにとってジョーとこの週末は内なる情熱を解き放つ触媒のようなものだった。なぜか自分が内面から変わって、以前よりも自由で満ち足りているのを感じる。まるで今までは灰色のベール越しに人生を見ていたのに、そのベールが引き裂かれ、生き生きとした本当の色彩が目に飛び込んできたかのようだった。もう世の中からあぶれて孤立しているのではなく、その一部になった気がする。自分の脳が人とは違っていると気づいたときから心の底で感じ続けてきた孤独も感じない。ジョーに体を与えることで、彼女は失うよりも多くのものを得た。今ではジョーの一部は彼女のものであって、それは決して心から去らないからだ。ジョーは思い出と、経験と、そして……忘我の喜びを与えてくれた。彼の率直な指導のもとで、キャロラインは内面から花開き、自分の中にある豊かな深みを知ることができた。

　キャロラインは常識もあるし、妊娠した場合の困難もよくわかっている。それなのに突然、生理の周期が狂っていて、おなかにジョーの子供が宿っていればいいのにと思った。

「何？」ジョーが黒い眉を上げてきいた。キャロラインは自分がジョーの前に突っ立ったまま長い間じっと彼を見つめていたことに気づいた。

　彼女の顔にゆっくりと笑みが浮かび、夜明けのように明るんだ。「考えていたの」キャロラインはまじめな声で言った。「あなたがヌードで新兵募集のポスターに出たら、女性がもっとずっとたくさん応募するだろうなって」

　ジョーはちょっと驚いた顔をしたが、やがて大声で笑いながら立ち上がると、彼女のローブをつかんでさっと引き寄せた。「僕をアメリカ中の女性と分かち合いたいのか？」

「生きている限りはいやよ」

「この国が僕の働きを必要としていても？　君の愛国心はどこに行ったんだ？」

　キャロラインは彼のはだけたローブの中に手を伸ばし、しっかりと彼をつかんだ。「ここだけは別よ」

　彼女は甘い声で応じた。

　つい今しがた抱き合ったばかりだというのに、ジョーは反応しはじめた。「君がそれをやめるまでに二日間の猶予を与えるよ。それから警察に電話する」

「私たちには二日も時間はないわ」キャロラインは

時計を見た。「残りはあと八時間よ」
「じゃ、一分でも無駄にするのはしゃくだな」ジョーは応じ、素早く彼女を抱き上げた。ゆっくりと抱き合うならベッドのほうがいい。彼に運ばれて部屋を移る間、キャロラインは時間が止まってくれればいいと思いながら彼にしがみついていた。

もちろん時間は止まらなかった。どんなに願っても時間は止まらない。ふたりだけの隠れ家を出るのは妙な気分だったが、ふたりは六時半には帰途についていた。キャロラインはジョーと分かち合った親密な二日間がいきなり終わる瞬間に備えて身構えながら、無言で座席に座っていた。その晩は、そして次の週末までは毎晩、ひとりで眠ることになる。次の週末が来てもそうかもしれない。ジョーは次の週末はもちろん翌日の晩についても何も言わなかった。

キャロラインはちらりと彼を見た。微妙な変化ではあったが、ジョーは基地に近づくにつれてしだいに愛人から大佐に変わっていた。彼はすでに夜の翼のことを考えていた。あのなめらかで恐ろしい美しい飛行機と、それが彼の巧みな手さばきにどう反応するかということを。もしかしたらジョーの変化は、キャロラインの愛人から夜の翼の愛人に変わったということかもしれない。夜の翼は彼のために飛び、キャロラインよりも高く速く彼を運ぶ。キャロラインは飛行機が自分と同じくらい真剣にジョーを守り、地上に連れ戻してくれることだけを願った。

心構えができる前に、キャロラインは宿舎の前に降ろされていた。ジョーは彼女の前に立ち、いつもの澄んだ底知れない目で彼女の全身をながめまわした。「おやすみのキスはしないよ。やめられなくなるからね。君を抱くのに慣れすぎてしまった」
「じゃ……おやすみなさい」キャロラインは片手を出しかけたが、急いで引っ込めた。ただの握手でもしないほうがいい。あんな濃密な親密さを分かち合ったあとでは、握手でさえ刺激が強すぎる。今夜はひとりで寝るのだということを痛切に思い出してしまう。

「おやすみ」ジョーはいきなり背を向けて歩きだした。キャロラインは大急ぎでドアを開けて中に入った。彼の車が走り去るところを見たくなかったのだ。小さな部屋は基地のほかの臨時宿舎の大半にくらべてぜいたくではあったが、閑散として、しかも息苦しく見えた。キャロラインは即座にエアコンをかけた。だが、何をしてもがらんとした感じは消えなかった。その空虚さを和らげられるのはジョーだけだ。

その晩、キャロラインはよく眠れなかった。ジョーのぬくもりに手を伸ばさずにはいられなかった。二日間、身をもたせかけたりからませたりして眠ったあの大きなたくましい硬い体に。そしてキャロライン自身の体は、すでに身になじんだ官能の悦楽をいきなり奪われて、もどかしさにうずいた。

夜明け前に目が覚めたときには、もう眠るのをあきらめた。今まではいつも仕事が万能薬だったのだから、今度もそうなるだろう。なんといってもキャロラインが雇われたのはプロジェクトで働くためであって、その責任者にうつつを抜かすためではない。

実際、仕事は助けになった。キャロラインはその日のテストの準備にかなり専念することができた。ジョーが立ち寄らなかったのは幸いだった。必死で正気を取り戻そうとしているときにキスでもされたら、また頭が混乱してしまう。それどころか、デスクの上にあお向けになってジョーの腰に脚をからませてしまうかもしれない。ジョーのことだから、きっとそれを見越して誘惑にあらがったのだろう。キャロライン自身はあらがう自信がなかった。

いつものようにカルが一番手でやってきた。「この週末はどこにいたんだい?」彼は気軽にきいた。

「一緒に映画でも見ないかと思って二回ほど電話したんだ」

「ベガスよ。向こうに泊まったの」

「それは思いつかなかったな。あそこは楽しい町だよね。カジノには行ったかい？」

「私は賭事《かけごと》には向かないわ。ミニチュア・ゴルフのほうがまだいいわ」

カルは笑いながらコーヒーをついだ。「そういう激しい生き方には気をつけたほうがいいよ。あまり興奮すると早くふけるからね」

だとしたら、キャロラインはこの週末で少なくとも百歳はふけたはずだ。しかし実際は、今までにないほど活力に満ちている気がする。

レーザー・チームがコントロール・ルームに着いたとき、ジョーはそこにはいなかった。パイロットはみなすでに飛行機に乗り込んでエンジンをふかしていた。金曜日と同様、ジョーとボウイ・ウェイドが夜の翼に乗り、ダフィー・ディールとマッド・キャット・マイリックがF二二に乗っていた。すべてのチームが飛行中にセンサーから送られてくる情報を読み取ろうと所定のモニターの前に群がっていた。

鳥たちは飛び立った。

初めのうち、テストは順調に運び、レーザーは予測どおりにミサイルを追跡した。キャロラインは思わず長々とため息をもらした。もうこれ以上問題は起こらないと思うほどうぶではないが、少なくとも前回の問題だけは解決したようだ。パイロットはスピードと射程距離を変えて何度もレーザーを試した。イェイツはほくほく顔だった。

基地まで戻る間、編隊飛行でマッド・キャットがジョーのウイングの位置を飛び、ダフィーがボウイ・ウェイドのうしろを飛んで、飛行中の視野を試した。キャロラインが何げなくモニターを見ているうちに、突然ボウイの照準装置のランプが点灯した。

「ボウイはスイッチを入れたの？」彼女は大声できいた。

イェイツとエイドリアンが振り向き、とまどった顔でモニターを見た。カルがコンピュータから目を上げた。それとほとんど同時に、コンピュータが赤い発射シグナルを点滅しはじめ、無線とコントロール・ルームでいっせいに乱れた声が飛び交った。

「撃たれた、撃たれた！」ダフィーが叫んだ。ボウイがどなった。「こいつが勝手に発射しちまったんだ！　いったいどうなってるんだ？」

「ダメージは？」ジョーの太い冷静な声が聞こえた。その威厳がほかの人々を圧倒した。

「コントロールがきかない。油圧装置をやられたんだ。抑えられない」ダフィーの声はこわばっている。

「射出しろ！」ボウイがどなっていた。「時間を無駄にするな、ダフィー。操縦は不可能だ！」

声と声が入り乱れ、コントロール・ルームは大騒ぎになった。パイロットたちは仲間のひとりが無事に地上に戻れるのか、あるいは目の前で死んでしまうのかと、凍りついた仮面のような顔でじっと見守っている。

やがてまたジョーの声がとどろき渡った。「射出、射出、射出！　今すぐだ！」

その鉄の威厳にとうとうダフィーは屈服した。パイロットが脱出したことをコンピュータが知らせた。

「パラシュートが見える」マッド・キャットが言った。「でも低すぎる。低すぎる……」

F二二がすさまじい音をたてて砂漠の床に激突すると同時に無線は爆発した。

9

ジョーはコントロール・ルームに入ってきたとき猛烈に腹を立てていたが、その怒りは氷のように冷たかった。レーザー・チームをにらみつけた目は青い霜のようだった。「いったいどうなってるんだ？」彼はしかりつけた。「あのレーザー砲は勝手に飛び出すどころか作動さえしないはずだったんだぞ」

みんな面食らっていた。あの装置は金曜の午後に徹底的に点検しておいたはずだ。

「どうなんだ？」そのひと言はライフルの銃声のように鋭く響いた。「僕はおかげで危うく部下を失うところだったんだぞ。八千万ドルの飛行機は今では粉々になって砂漠に散らばっている。君たちのだれかひとりでも自分が何をしているのかわかっているのか」

コントロール・ルームは静まり返っていた。みなが答えを待っているのだ。どんな答えでも。イェイツが静かに言った。「何が起こったのかはわかりませんが、これから原因を突き止めるつもりです」

「そうしてもらおう。僕は三十六時間以内に報告を聞きたい。この問題に関する君たちの分析と、それを正すために君たちが何をしたか。何が起こったかわかるまで、そして二度とそれが起こらないことを僕が納得するまで、テストはすべて中止だ」背を向けて歩き去るまで、ジョーはまったくキャロラインを見なかった。部屋に入ってきたときと同じようにあいかわらず猛烈に腹を立てていた。

だれかが歯の間からそっと口笛を吹いた。イェイツがやつれた顔で言った。「わかるまで眠れないぞ」

飛行機を失ったのは確かに痛手だが、ジョーがもう少しでかんしゃくを起こしそうになったのは、ダフィーが危うく死にかけたからだ。いずれにせよ、手の打ちようはなかった。ダフィーはパラシュートを開ききれないほど低い高度で脱出し、あまりにも急速に勢いよく着地した。彼は脳震盪《しんとう》を起こし、左足を骨折して、今は病院にいる。

ボウイはひどく動揺し、自分は自動追跡スイッチにもトリガーにもまったく触れていないと断言した。ジョーはそれを信じた。ボウイはとても腕がいいし慎重だ。それなのになぜかあのレーザー砲が勝手に目標を追跡して飛び出し、ダフィーは危うく殺されそうになった。何が起こったかはコンピュータが正確に教えてくれるだろう。しかしジョーが知りたいのはなぜそれが起こったかだ。レーザー砲はまだ作動するようにはなっていなかった。しかし少なくともボウイの機のレーザー砲は作動した。もし最大値のエネルギーが使われていたら、F二二は空中で吹き飛ばされ、ダフィーには抜け出すチャンスさえなかっただろう。

あのミスファイヤーが金曜日に起こった追跡の問題と関連しているかもしれないと思うと、ジョーはますます腹が立った。あの原因は単純な電気信号のとぎれで、それは修正されたとキャロラインは言っていたが、明らかに問題はもっと重大だし、修正されたどころか人間をひとり殺しそこなった。ジョーはキャロラインにも腹を立てていた。彼女はレーザー・チームの一員だ。ジョーと親密な仲にあるからといって、チームの一員としての責任は逃れられない。彼女ひとりが優遇されたり大目に見られることはない。

夜遅くまで働くのはレーザー・チームだけではなかった。F二二の損失とパイロットの負傷は空軍が軽く考えるようなことではない。ジョーは基地司令官とペンタゴンのレイミー大将に報告を出さなければならないだろう。それにもうじき国会で夜の翼の予算決議が行われるというときに、こんな問題でもたもたしている暇はない。ジョーはテストを完了し、問題を解決しなければならない。このプロジェクトの大きな利点のひとつは予算内のコストで期限内に完成できるということだ。遅れはコストの増大につながる。費用が予算を超え、夜の翼がきちんと機能しなければ、プロジェクトは行きづまる。予算が国会で通るかどうかは、ジョーがいかにうまくこの仕事をこなし、いかに夜の翼の実用性と信頼性を証明するかにかかっている。

盗聴防止回線を使ってレイミー大将に電話したとき、ジョーの懸念はますます深まった。「あのレーザー砲の問題点を突き止め、二度と、絶対に、同じことが起こらないようにしてくれ」大将の声は落ち着いていたが、彼を知っている人間ならそれが口先だけの言葉でないことはわかった。「予算決議はもうじきだ。こんなごたごたを起こしている余裕はない。世界初のX線レーザー砲を開発したからといって、それをコントロールできなければなんの意味がある？　とにかくやることだ、ジョー。夜の翼のプロジェクトは絶対に失敗できない」

「わかりました、大将」ジョーは答えた。自分で機を操縦してきただけに、夜の翼の重要性はよくわかっていた。ほかの条件が同じだとしたら、飛行機の性能がすぐれていればいるほど飛行士が無事に地上に戻れる可能性も大きい。夜の翼はアメリカの飛行士にとって非常に大きな利点をもたらす。ジョーから見れば、それは戦争に勝つだけでなく人命をも救うということだ。彼はまだ三十五歳だが、すでに二度の戦争に参加してきた。世界情勢はジョーが冷戦中に士官学校に入学したころよりももっと不安定だ。局地戦は一夜のうちに起こり、そのどれもが世界中を巻き込む可能性を秘めている。しかも科学技術はすさまじい勢いで発展している。五年後にはF二二は他国の戦闘機と同列どころか、はるかにしのぐマシンとなり、夜の翼がそれに追随するだろう。

「破壊活動が行われた可能性はあるかね？」大将がきいた。

「警報が鳴ったことはありませんが、憲兵隊にスタッフの勤務パターンを分析させて、疑わしい点があるかどうかを調べさせているところです」

「君の勘ではどうだね？」レイミー大将はジョーの直感を大いに評価している。

ジョーは間を置いた。「大惨事はなんの前触れもなしに起こりました。それがあの一機のレーザー砲だけの問題なのか、すべての機に共通するものなのかはまだわかりませんが、あの装置に重大な問題があるか、だれかが意図的に問題を起こしたかのどちらかでしょう。形勢は五分五分です。したがって破壊活動の可能性も無視できません。コンピュータ分析の結果が出ればもっとわかると思います」

「何かわかったらすぐに知らせてくれ」

「わかりました、大将」

ジョーは椅子の背にもたれて考え込んだ。破壊活動。だれもそんなことは考えたくないが、度外視するわけにはいかない。テクノロジーの進歩はスパイや破壊行為の新技術を次から次へと生み出している。憲兵隊は夜の翼の秘密を守るために万全を期してきた。すべての建物のドアと窓にセンサーを設置し、それを中央のコンピュータにつなげて、どのビルにだれがいて何時に出入りしたかを絶えず記録しているのもそのためだ。格納庫では夜間に守衛も置いているので、正当な手続きなしにはだれも飛行機に近づくことはできない。しかし問題の原因が破壊活動だとすれば、それを行った人間は建物に出入りするのに必要な条件を備えていたということだ。

運よくいけば、レーザー・チームが問題を突き止めるだろう。それはおそらく何か説明のつく機械上の問題のはずだ。そうでないとすれば、すでに検問を強化していなければならない。

　なんということだ。もしレーザー・チームがすぐに問題を突き止めなければ、今夜はキャロラインには会えない。昨日も彼女のいない夜は拷問のようだった。自分の体がいかにあっという間に頻繁な充足に慣れてしまったか、いかに切実にキャロラインを求めているかを思うと、ジョーは驚いた。そんなふうにひとりの女を求めたのは初めてだった。まるで一向に冷めようとしない熱をいつもかかえ込んでいるような気分だ。そんなふうになんの制限も制約もなしにひとりの女を享受したことは一度もなかった。キャロラインは生き生きとして刺激的で、性格や考え方だけでなく愛し方も率直だ。

　彼女のことをつい考えはじめたのは間違いだった。ズボンが窮屈でならない。落ち着けよ、とジョーは自分につぶやいた。今はそんなことを考えるときでも場所でもない。

　どれほど丹念に調べても、レーザー砲が発射された理由はわからなかった。キャロラインの専門はレーザーそのもので、トリガー機能ではない。それはエイドリアンの専門で、彼はそのために雇われている。もし問題がエイドリアンの専門領域で起こったとすれば、彼はプロジェクトから降ろされ、しかも会社を首になるかもしれない。いつものごとく、エイドリアンはキャロラインにやつあたりした。

「君はなんだ、疫病神か?」エイドリアンは発射装置を微に入り細に入って調べながら、顔をしかめてつぶやいた。「君が現れるまでは、ときどきちょっとした問題が起こるだけで何もかもうまくいっていたんだ。それが君がここで働きだしたとたん、おかしなことばかり起こりはじめた」

「私はその装置の担当じゃないわ」キャロラインは言った。彼にそそのかされてかっとなったり、責任のなすり合いを始めるつもりはなかった。しかしそれ以上言わなくても、エイドリアンは彼女の言葉の意味を察した。発射装置を担当してきたのは彼なのだから明らかに責任は彼にある。

「口論はそのくらいにしたまえ」イェイツが命令した。「カル、コンピュータに何か現れたかい?」

カルは疲れきった顔をしていた。モニターの画面と読みづらいプリントアウトの文字を何時間も見続けていたせいで、目が赤くなっている。彼は首を振った。「理論上はなんの問題もないよ」

彼らはボウイが乗っていた飛行機の胴体に取りつけられたレーザー・ポッドのまわりに立っていた。キャロラインはポッドを見つめ、ほかの人たちの話し声を意識的に頭からしめ出して考えをまとめようとした。レーザーも発射装置もどうやら完璧《かんぺき》に機能しているらしい。追跡機能も事故当時は完璧に働いていたが、それはすでにわかりきっている。何しろダフィーの機を正確に追跡して撃ち落としたのだから。でも追跡を命じたのはなんだろう? コンピュータの記録によれば、ボウイはスイッチには手を触れなかった。だから追跡装置も発射装置も自動的に作動したことになるが、それはあってはならないことだ。しかもレーザーは作動しないようになっていた。レーザー砲の発射はあと十日間は行われない予定になっていたからだ。つまり三つの過ちが同時に起こったことになる。レーザーが作動したこと、追跡装置がダフィーの機に照準を合わせたこと、そしてレーザー砲が自動的に発射したこと。この三つのどれひとつとして起こるはずのないことだ。それが同時に起こったというのは、可能性からいってもマーフィーの法則からいってもおよそ考えられない。

キャロラインは自分の考えが行き着く先を思って気が重くなった。あの三つが偶然起こるのが理屈に合わないとすれば、意図的に起こされたことになる。レーザーは飛行機が揺れただけでは作動しないし、オンやオフと書かれた外部スイッチがあるわけでもない。レーザーを作動させるには、レーザー・チームがコンピュータに正確なコマンドを入力しなければならない。機密保護のため、そのコマンドに近づけるのはチームの人間だけになっている。

その不可避の論理に従えば、レーザーを作動させたのはチームのメンバーのだれかだ。

キャロラインはあわてて結論に飛びつくようなことはしなかった。彼女の仕事のやり方はきちょうめんで入念で正確だ。同僚の三人のうちのひとりが意図的に破壊活動を行ったと考える前に、まず外部の人間がなんらかの方法で同じことをやれないかどうかを考える必要がある。今は何もかもコンピュータ化されているので、たとえプログラムに安全装置が組み込まれ、入念な予防措置がとられているにしても、何が起こるかわからない。あまりにも複雑でまだだれもやっていないことはたくさんあるけれど、だからといって不可能なわけではない。もしだれかが作動コマンドを突き止めたとすれば、その人間がプログラムに入り込んでそれを利用するということは実際にありえる。それほどコンピュータに通じた人間ならば、パイロットが追跡スイッチに触れても触れなくても、別の機がある距離内に近づいたらスイッチが作動するようなコマンドをつけ加えるのは朝飯前だろう。もしかしたらボウイは、ある状況になれば確実に爆発する時限爆弾をかかえて飛んでいたのかもしれない。ダフィーはたまたま運悪くボウイのうしろを飛ぶはめになったけれど、それはマッド・キャットでも、ジョーでもありえた。

イェイツは数分前から考え深げな顔でキャロライ

ンを見守っていた。キャロラインはじっと立ったままレーザー・ポッドのほうを見ているが、ポッドなど目に入らぬ様子で思いにふけっている。彼女のコンピュータ並みの頭脳がチェックリストを素早く点検し、容赦なく選択肢を絞っていくのが目に見えるようだった。

「なんだい？」待ちきれなくなって、とうとうイェイツはきいた。「何かわかったかい？」

キャロラインはまばたきし、ゆっくりと彼に焦点を合わせた。「コンピュータのプログラムを調べるべきだと思うわ」やがて彼女は言った。「問題が装置になければ、プログラムにあるはずよ」

カルが見るからにげっそりした顔をした。「このプログラムを全部調べるのに何時間かかるか知ってるのかい？」彼は信じられないという声で言った。「これはすごく大きなプログラムなんだぞ。僕が手がけてきた中でもいちばん複雑なものだ」

「たぶんクレイなら……」キャロラインはつぶやき、ポッドに目を戻した。

「クレイのスーパーコンピュータに接続するってことか？」イェイツは問いかけるように言ったが、すでに頭の中で計算していた。「すごく高くつくぞ」

「プロジェクトを中止するより安上がりよ」

「ペンタゴンが僕らを優先するように手配してくれない限り、接続を予約するだけで何時間もかかるよ」

「いいね、そいつは名案だよ」エイドリアンがいらだった声で言った。「でもみんな、大ボスから与えられた時間が三十六時間だってことを忘れてるよ。そのうち十時間はもう使ってしまってる。可能性だけ提示しても、あの人は満足しないと思うね」

「ほかを調べても何も見つからなかったのよ。もっといいアイデアでもあるの？」キャロラインもいらだった声で応じた。

エイドリアンは何も言わずに彼女をにらみつけた。実際、みんな途方に暮れていたのだ。

キャロラインはもうひとつの結論には触れなかった。つまり、問題の原因がプログラムにあったとしても、それがプログラム作成時の基本的ミスなのか、だれかが意図的に手を加えたのかを調べなければならないということだ。しかしクレイで何もかもチェックすればその謎《なぞ》も解けるだろう。今使っているプログラムとオリジナルをつき合わせれば、プログラムに変更が加えられているかどうかがわかる。もし変更がなければ、最初からプログラムをつくり直さなければならない。変更があれば、それを加えた人間を見つけなければならない。

「で、どうする？」カルが目をこすりながらきいた。「調べるのをやめて、ひたすらプログラムに問題が見つかるのを期待するのかい？　それとも何を探しているのかもわからずに徹夜で探し続けるかい？」

キャロラインは思わず笑みを浮かべた。「あなたが今の口調と同じぐらい疲れているとしたら、徹夜は無理そうね」

カルはぼんやりした目で彼女を見やり、ぼんやりした笑みを返した。「悲しいよね？　若いころはひと晩中飲み騒いで、一日中仕事をして、また飲みに出かけたもんだよ。今ここにいるのはかつての僕のまぼろしさ」

「君たちがこの事態を真剣に受け止めていないのはうれしいよ」エイドリアンが毒づいた。

「もうやめろ！」いつも穏やかに話すイェイツが声を荒らげて言った。だれもがくたくたに疲れきっていた。彼は声を和らげた。「口げんかもそうだし、仕事もそうだ。僕らはただ疲れるだけで何も成果を上げていない。さっきはああ言ったが、今夜はこれで解散しよう。プログラムをのぞけば、考えられる問題はすべて消去したはずだ。だから次にプログラムを調べるのは理にかなっているが、今ここではできない。僕は掃除をして、それから何かうまいものでも食べながら考えてみるよ。そのあとでマッケンジー大佐と話しに行く。少し休憩しよう」

警備部長のアイヴァン・ホッジ大尉は前口上抜きで言った。「非常に疑わしい記録が見つかりました、大佐」

ジョーは何も見つからないことを祈っていたのだが、それでもいかめしい顔になんの感情も表さなかった。

トゥエル少将の非情な目がますます鋭くなった。基地司令官の彼は基地で起こることすべてに最終的な責任がある。そしてF二二がなぜ撃ち落とされたかということに並々ならぬ関心があった。「何がわかったのか見せてくれたまえ」

大尉は分厚い勤務時間表を持っていた。彼はそれをジョーのデスクに置き、印のついたページを開いた。「これです」彼は黄色いマーカーが引かれた項目を指さした。「これはレーザー・チームのひとり、キャロライン・エヴァンスの認識ナンバーです。彼女は心臓発作で倒れたメンバーの交代要員として先週の火曜日に着任しました」

ホッジ大尉の次の言葉を待つ間、ジョーの胃がぎゅっとこわばり、目がうつろになった。

「この人にはほかのメンバーより先に出勤して最後に帰るというパターンがあります」

大尉が言うのを聞いて、ジョーは少しほっとした。キャロラインは仕事の虫だ。それは別にあやしいことではない。ジョー自身、何度か前触れもなく彼女の仕事場に立ち寄ったことがあるが、何も不審な気配はなかった……ただし一度、彼女があわててコンピュータの画面を消したことがあった。しかしほんの一瞬不思議に思っただけで、今まですっかり忘れていた。

「あなたにも同じパターンがありますが」ホッジ大尉はジョーに言った。「それ自体はなんの意味もありません」彼は印のついた別のページを開いた。「しかしこの木曜日の晩、センサーによればミズ・エヴァンスは二四〇〇時少し前にレーザー部の建物に入り、〇四〇〇時近くまで中にいました。その間はずっとひとりきりでした。そのあと〇六〇〇時に再びいつもどおり出勤しています。確かその日の午前中のテストで夜の翼のレーザー装置が初めて機能不全を起こしたはずですが、違いますか？」

ジョーの目に氷の冷たさが戻った。「そうだ」

「ミズ・エヴァンスはその日の午後遅くチームのもうひとりのメンバーと一緒に建物を出たあと、日曜の夜やはり二四〇〇時前にまた入っています。このときもひとりでした。それから〇四三〇時に建物を出て、いつもどおり〇六〇〇時に出勤しました。この日にはディール少佐の飛行機が撃ち落とされています。レーザーの機能不全よりもはるかに破壊的な状況です。このように真夜中に職場に入っていることと、彼女が着任してから問題が起こりはじめたことを考え合わせると、あまりいい兆候ではありませんね」大尉はジョーの表情を見てためらった。その表情を見れば正気の人間ならだれでもためらうだろう。ホッジ大尉は自分でもかなり正気のつもりだったが、それでも言わないわけにはいかなかった。

「あなたは……ミズ・エヴァンスに個人的興味がおありのようですね」

「何度か一緒に出かけたことはある」それどころじゃない、とジョーは心の中で息巻いた。キャロラインは僕に過去の女のことなどすっかり忘れさせるほど身も心もすべて投げ出して僕に抱かれた。そのくせ日曜の晩、ベガスから帰ったあと、こっそり職場に入っていって……何をしたのだろう？　ボウイの機のレーザーをひそかに作動させたとか？　僕が操縦していた機のレーザーも作動していたのだろうか？　僕もまた仲間のひとりを危うく撃ち落とすところだったのだろうか？

　ホッジ大尉は気まずげにきいた。「あなたと一緒にいたとき、ミズ・エヴァンスは何か言いましたか？　何か夜の翼にかかわるような質問はしましたか？」

「いや」それは確かだ。仕事についてはごく一般的な話しかしなかった。でもそもそも何をきく必要があるだろう？「彼女はこのプロジェクトに関してあらゆることを調べられる立場にいる。ほかの人間にきく必要などないよ」

「それはそうです。しかし今思い出してみて、彼女がレーザーを失敗させたがる、あるいは夜の翼のプロジェクトを中止させたがる動機として受け取れるようなことは何か言いませんでしたか？」

「いや、言わなかった」言うはずがない。キャロラインはそれほどばかではない。それどころかすばらしく頭が切れる。彼女はレーザーを作動させることができる。単に専門家であるだけでなく、作動コマンドにもアクセスできる。「彼女には知識がある。そして機会もあった」気がつくとジョーは言っていた。「だがそれ以外に何かあるのか？　動機とか、過去の疑わしい経歴とか、金銭問題とか？」

「ミズ・エヴァンスの経歴は潔白そのものです」大尉は認めた。「それがすべていつわりでないことを確かめるために、これから徹底的に調べ直すつもりでいますが、あくまでも予防措置です。このプロジェクトにかかわる人間は全員、虫歯の治療歴にいたるまで完全に調べ尽くされています」

「確認させてくれないか」トゥエル少将が言った。「ミズ・エヴァンスは実際にレーザーに触れなくても、オフィスでレーザーを作動させることができるのかね？　あの飛行機は二十四時間監視されているはずだが」

「できます」ホッジ大尉が答えた。「コンピュータのコマンドで。ミズ・エヴァンスは大学でふたつの課程を専攻しています。物理学では博士号を、コンピュータ・サイエンスでは修士号を取得しています。コンピュータの扱いは心得ているはずです」

「なるほど」少将はため息をついた。「それで、君はどうすればいいと思う？」

「正式に告訴するわけにはいきませんね。彼女に機会があったことは証明できますし、タイミングもかなり疑わしいのは事実ですが、コンピュータ・プログラムがレーザーを発射させるように書き換えられていたことはまだ証明されていません。あれが機械上のミスであった可能性はまだあります」

「でも君はそう思わないんだね？」

「はい、少将。問題が起こりはじめたのはミズ・エヴァンスが着任してからですし、事故は二回とも彼女が真夜中にオフィスに入ったあとで起こっています。彼女は民間人です。ＦＢＩに報告し、彼女を基地から出さないようにするべきでしょう。しかしまだ勾留すべきではありません。それにこの一件が解決するまで、予防措置としてレーザー・チーム全員に外出禁止令を出すべきだと思います」

「なぜだね、大尉？」

「今申し上げたとおり、予防措置です。彼女のほかにもかかわった人間がいるかもしれません」

「勤務時間表によれば、ほかには疑わしい時刻にオフィスに入った人間はいないようだが」

「だからといって関係がないとは言えません。マッケンジー大佐も同意見かと思いますが、またＦ二二を、あるいはテスト機を失うことになるより、数日間テストを中止したほうが安上がりです」

「そのとおりだ」ジョーの声は険しかった。「君はミズ・エヴァンスを尋問するつもりかね？」

「はい、大佐」

「僕もその場にいたいが」

「もちろんです」僕に許可を求める必要などないのに、とホッジ大尉は心の中で苦笑した。マッケンジー大佐は夜の翼のプロジェクトに関する限り、基地内では最終的な決定権がある。トゥエル少将に決定をゆだねるかどうかは大佐の意向しだいだ。

「いつかね？」

「あなたさえよければ、今すぐにでも部下に呼びに行かせますが」

「じゃ、そうしてくれ」

トゥエル少将が立ち上がった。「この場は君たちに任せよう。君たちふたりが告訴の前に我々の立場を明確にしてくれるものと確信しているよ。とはいえ、問題解決のためになすべきことはすべてやってくれ。このプロジェクトはあまりにも重要だ」

ふたりは敬礼し、少将がそれに応《こた》えた。少将が出ていくと、ホッジ大尉がジョーの電話を指さしてきいた。「よろしいですか？」

ジョーはただうなずいた。

ホッジ大尉は受話器を取り、番号を押した。「Ｃ１２Ｘ１１４、ミズ・キャロライン・エヴァンスに護衛をつけてマッケンジー大佐のオフィスまでよこしてくれ。復唱」電話に出た人間が認識ナンバーを復唱すると、ホッジ大尉は言った。「よろしい。ありがとう」大尉は受話器を置き、ジョーを振り向いた。「十分以内にまいります」

10

キャロラインにとって自分がそれほど小さく無防備に思えたのも初めてなら、それほどおびえたのも初めてだった。彼女はジョーのオフィスの椅子に座り、私を信じて、と心の中で訴えながらジョーの目を見つめた。しかしジョーは彼女を見なかった。というより、目は向けていても、そのまなざしは虫けらでも見るようなよそよそしい冷たいものだった。私が見えていないんだわ、とキャロラインは思った。彼女をおびえさせるのは何よりもジョーの表情だった。石のように硬い表情。

「いいえ、どちらの晩もオフィスには戻りませんでした」キャロラインは同じ答えを繰り返した。これでも何度めだろう？

「しかしセンサーはあなたの入った時間と出た時間を記録しているんだよ、ミズ・エヴァンス」警備部長のホッジ大尉もまた頑固に繰り返した。

「それならセンサーが間違っているんです」

「いや、センサーはこの上なく正確だ。最新式の機械だ」

「センサーが間違っているんです」キャロラインは深呼吸をして落ち着こうとした。恐怖に胸がむかついていた。「私は木曜日の昼間になぜか名札を落としたらしくて、金曜の朝に着替えをしていて気づいたんです」

「あなたはそう言い続けているが、あなたが名札の紛失届を出した記録はない。それが極秘プロジェクトにとってどれほど重大なことか、もちろんあなたも知っているはずだ。もう一度その理由を説明してもらえないか？」

「木曜の昼間にファイルのフォルダーにとめてあったのは覚えていたので、きっとそこから落ちたんだと思ったんです。届けを出さなかったのは、オフィスに落ちていることがほぼ確実なのにわざわざ面倒な手続きを取るまでもないと思ったからです」

「しかしセンサーによれば、あなたはあの日の午後、チームのほかのメンバーと一緒に建物を出ている。だとすれば、名札を身に着けていたはずだ。信じていただきたいが、ミズ・エヴァンス、あの機械は入る人間も出る人間も探知できる。いずれの方向からであれ、しかるべき名札を持たずにあの出入口を通過しようとすれば、警報が鳴ることになっている」

「だからあのセンサーはどこかおかしいと言ってるんです。名札を落としたことに気づいたとき、私はカル・ギルクリストに電話して、オフィスを調べてもらいました。名札は私のデスクの下に落ちていたそうです。彼はそれを持ってきて私に渡したあと、宿舎に戻り、私は仕事にかかりました。彼にきけばわかることです」

「ミスター・カル・ギルクリストにはしかるべき質問をするつもりだ。しかしながら、勤務時間表によれば、あなたはミスター・ギルクリストと一緒にオフィスに入り、二分後に一緒に出てきたことになっている。それからあなたはまた中に入り、一時間以上たってミスター・ギルクリストも出勤した」

「そんなはずはありません。私はミスター・ギルクリストから名札をもらうまであの建物には入らなかったんです。ひとりの人間がふたつ名札を持って建物を出た場合、あなたのあの大切なセンサーはどういう反応を示すんですか？」

大尉はキャロラインの質問を無視し、手元のクリップボードに素早く目を落とした。「あなたは日曜の晩にも名札を落としたかね？」

「いいえ、日曜の晩にはオフィスには入りませんでした」キャロラインは思わずまたジョーに訴えるような目を向けた。彼は何を考えているの？　私が破壊行為をしたとでも思っているの？

「センサーによれば、入ったことになっている。そしてあなた自身の証言によれば、名札はあなたのもとにあった」

「名札は今朝私が身に着けたとき、金曜の午後に置いたとおりの場所にありました」

「週末の間一度も動かさなかったのかね？」

「週末はベガスで過ごしました」

「そして名札は置いていった」

「あなたは基地の外でも名札を身に着けるんですか、大尉？」キャロラインはやり返した。

　大尉は穏やかにほほえんだ。「言っておくが、疑われているのは僕じゃないよ」

「なんの疑いです？　はっきり言ってください」キャロラインは挑んだ。

　大尉はその誘いに乗らなかった。「週末はベガスで過ごしたということだが、金曜の晩も土曜の晩も基地には戻らなかったのかね？」

「はい」

「ベガスのどこに？」

「ヒルトンです」

「ヒルトンはいくつかあるが、もちろんそれは証明できるだろうね？」

　ジョーがさえぎった。「ミズ・エヴァンスと僕は一緒に週末を過ごした。金曜の夕方から日曜の一九〇〇時までの彼女のアリバイは僕が証明できる」

「わかりました」ホッジ大尉は淡々とした声で言ったが、キャロラインは赤面した。今度ばかりはジョーを見られなかった。「つまりその間ずっと名札はあなたの宿舎にあったということだね」

　キャロラインはまた深呼吸をしたが、大した効き目はなかった。「はい」

「そして宿舎は確かに戸締まりがしてあった」

「はい。ドアの鍵《かぎ》はいつも二回確かめます」

大尉が疑わしげな顔をした。「いつもというのは非常に断定的な言葉だ。決して忘れないということだ。今までドアの鍵を二回確認するのを忘れたことは一度もないと言うのかね？」

「今回の場合は、私が見ている前でマッケンジー大佐がご自分で確認されました」

大尉がジョーを見やると、ジョーはうなずいた。ジョーの目は細まり、表情が読み取れない。

「あなたは名札はあなた自身のもとにあったと断言している。そしてセンサーによれば、あなたは日曜の晩……」大尉は時間表を見た。「……二三四七時にオフィスに入っている」

「日曜のその時刻にはベッドにいました」

「ひとりで？」大尉は淡々ときいた。

「はい」

「それはだれも証明できないね。あなたはベッドにいたと言う。しかしコンピュータの記録ではあなたはオフィスにいたことになっている」

「カル・ギルクリストにきいてください！」キャロラインはかっとなった。「これ以上時間を無駄にしないで、今私が言ったことを確認してください」

「木曜の朝、僕がオフィスに立ち寄ったとき、君はコンピュータの画面を消して電源を切ったね」ジョーが冷たい太い声で言った。「あのとき画面には僕に見せられないことでも出ていたのか？」

キャロラインは完全に面食らい、言葉もなく彼を見つめた。ジョーはホッジ大尉に劣らず私を疑っているような言い方をする。でもきっとわかっているはずよ――キャロラインは必死で記憶を呼び戻そうとした。木曜の朝。あの朝ジョーはまた私をびっくりさせた。私が反射的になぐりかかると、彼は私を抱きすくめた。私は自分の体の反応にとまどい、気をまぎらそうとして、わけもなくコンピュータを操作した。でもそれまで何をしていたかはまるで覚えていない。

「覚えていません」キャロラインはおずおず言った。

「よせよ」ジョーは冷笑した。「君が忘れるはずはない。君の記憶力は鋼鉄のわなみたいに頑丈だ」

「覚えていません」キャロラインは彼を見つめて繰り返した。ジョーの目に軽蔑《けいべつ》と……嫌悪と……そして怒りの表情が浮かんでいるのに気づいて、彼女は打ちのめされた。そう、確かに怒りだ。でも普通の怒りではなく、氷のように冷たい怒り。だからこそいっそう恐ろしい。ジョーは今にも私を殺したがっているように見える。彼は私を信じていない！

キャロラインはショックで窒息しそうになった。実際、胸の中に大きなしこりがふくれ上がって息をすることができず、心臓は苦しげにのろのろと打っていた。立場が逆なら、キャロラインはなんのためらいもなく手放しでジョーを信頼するだろう。どんな証拠があれ、ジョーが祖国を裏切ることなどありえないとわかっているからだ。でも明らかにジョーは彼女が国を裏切れると思っているらしい。いつもものごとを整然と筋道立てて考えるキャロラインだが、突然、直感的な確信に襲われた。私がジョーを信頼するのは、彼に惹《ひ》かれているから。彼を愛し、彼という人間を知ることに夢中になっているから。でもジョーにとっては私たちの関係は純粋に肉体的なもの。彼は私の人格には興味がない。だからそれを知ろうともしない。

キャロラインは打ちのめされ、引き下がった。実際に体を動かしたわけではないが、それまで心の中でジョーのほうに伸ばしていた手を引っ込め、心の扉をぴしゃりと閉ざしたのだ。あらゆる思いをすべて胸に押し戻してかんぬきを下ろし、長年築いてきた心の防壁をもう一度打ち立てようとした。もう遅すぎるかもしれないが、人間には絶えず生き延びようとする動物的本能がある。キャロラインはその本能に従った。彼女は無表情なのっぺりとした顔つきになり、ガラスのようにうつろな目でジョーを見つめ返した。もう自分自身のどんな小さな断片でも彼に与えるような余裕はなかった。

「君は何をしていたんだ？」ジョーは繰り返した。

「覚えていません」声までのっぺりしていた。必死の決意で押し殺している感情が外にもれるチャンスはまずない。キャロラインは先刻と同じ無感情な声で続けた。「私はどうやら破壊行為の罪を問われているようですね」

「そうは言っていないよ」ホッジ大尉が応じた。

「そうでないとも言っていません。それにこれはまるで尋問です」キャロラインは大尉から目を離さなかった。ジョーを見るのは耐えられなかったからだ。これから二度と見られるかどうかもわからない。あとでひとりになったら、じっくりと考えをまとめて損害を見積もることもできるかもしれないが、今は一度でもジョーを見たら何もかも崩れ去ってしまいそうな気がする。あまりにも大きな痛みに押しつぶされそう――だからそれを無視するしかない。

「私たちはウェイド大尉の機のレーザーにはどんな機能不全も見つけることができませんでした」キャロラインは言い、平坦《へいたん》な自分の声をいくぶん誇らしく思うことさえできた。まるで死体の脳波のように平坦だ。「私たちは全員で話し合いました。チーム・リーダーのイェイツ・コルレスキは今夜、もう少し考えてみてからマッケンジー大佐に話すつもりだと言っていましたが、問題はコンピュータのプログラムにあるとみんな考えています」

ホッジ大尉はかすかに興味を引かれた様子だった。

「それはどういう問題だね、ミズ・エヴァンス？」

「わかりません。私たちは今使っているプログラムとオリジナルとをくらべて、今のプログラムに何か変わった点があるかどうかを見たいと思っています」

「で、もし変わっていたら？」

「そのときはそれがどういう変化かを調べます」

「プログラムを点検するというのはだれのアイデアだね？」

「私です」

「どうしてそれを思いついたのかね？」

「消去法です。問題があると思われるもので残ったのはプログラムだけでした」

「しかしあなたが来るまでプログラムは完璧《かんぺき》に機能していたはずだ。もしそれだけ重大な問題を解決すれば、あなたにとっては大いに名誉になると思うが、違うかね、ミズ・エヴァンス？」

　キャロラインはひるまず、石のように大尉を見つめ続けた。「私は問題を解決して栄光に浴するために破壊活動をしたことはありません」

「あなたがしたと言っているわけじゃない。ただ、これだけ大がかりで重要なプロジェクトで重大な欠点を指摘すれば、あなたには名誉になるのではないかときいただけだ」

「私は自分の仕事ですでに高い評価を得ています、大尉。だからこのチームにいるんです」

「しかし最初のメンバーではなかった。ということは、明らかにそれほど優秀ではないわけだ。最初に選ばれなかったときは悔しかったかね？」

「このプロジェクトのことは知りませんでした。だから悔しがりようがありません。私は別の仕事をしていました。その仕事が終わる前に、夜の翼のプロジェクトはすでに軌道に乗っていました。私の体が空いたのは一カ月前です。それは証明できます」きかれる前に、キャロラインはつけ足した。

「ふむ」大尉は手にしたクリップボードのメモをし

ばらくながめ、かすかな笑みを浮かべて目を上げた。目は笑っていなかった。「今ききたいのはこれだけだ、ミズ・エヴァンス。もう行ってよろしい。あ、ただし、基地からは出ないように。出ようとしてつかまったりしたら、ますます不利な状況になる」

「電話もかけてはいけないんですか？」

「だれかに電話する必要があるのかね？」大尉は答えずにきき返した。「たとえば弁護士とか？」

「弁護士が必要ですか？」

大尉はまた冷たい笑みを見せた。「我々はまだ告訴の手続きは取っていないよ」

まだ。キャロラインはその含みに気づいたが、動じなかった。「告訴はしないけれど、私の外出を禁じるわけですね。言っておきますが、ホッジ大尉、私は民間人です。軍に属してはいません」

「こちらも言っておくが、ミズ・エヴァンス、あなたは今基地にいて、これは軍の問題だ。必要とあれば、我々は正式に告訴がなされるまで最大限の期間あなたを営倉に監禁することもできる。それまでにこの一件は十分調査されて、あなたの容疑は晴れるかもしれないが、どうしても営倉で過ごしたいということなら、我々は拒まないよ」

「あなたの言いたいことはわかりました」

「わかると思ったよ」

キャロラインは立ち上がり、ふらついたりせずにしっかり歩こうと脚に意識を集中した。オフィスを出るとき、彼女はジョーを見なかった。外のオフィスにいるヴァースカ曹長の顔も見なかった。どうやら勤勉な曹長は大佐が帰るまで帰らないらしい。

軍はカルと話し、カルはキャロラインが言ったことをすべて証明してくれるだろう。そうすれば彼らのあの大切なセンサーが実際に間違いを犯すことがあるということがわかるはずだ。もしかしたら警備体制に重大なミスがあって、同じバーコードのついた名札が二枚発行されたのかもしれない。もしかしたらだれかがキャロラインの名札をコピーし、それを持ってオフィスに入り、プログラムに手を加えたのかもしれない。でもカルと話をすれば、軍も犯人がキャロラインでないことを認めざるをえない。

　大尉にあれこれきかれるのはいい気分ではなかったが、それでもキャロラインは自分が告訴されるとは思わなかった。しかしジョーのあの目つきと、彼に信用されず、破壊行為のできる人間だと思われているというショックからは立ち直れそうにない気がした。

　キャロラインは途方もない大恥をかいた。人並みはずれた知性を持ちながら、女性にありがちな根本的な過ちを犯してしまった。だれかと体を許し合えば、相手も真剣な気持を抱いてくれるものと思い込んでしまったのだ。でもあれは愛の行為ではなく、セックスだった。その行為をあまりにも重く考えすぎたことがまた間違いだった。男性にとって、セックスは食事と同じように単なる肉体的欲望の充足だ。そこには厄介な感情など入り込まない。キャロラインには愛の行為が、ジョーにはただのセックスだった。キャロラインは身も心も彼に与え、そのお返しにジョーは快楽を与えてくれたが、一時的に体を差し出すだけで心は与えようとしなかった。確かに彼の体はすばらしいが、キャロラインはそれ以上のものを求め、それを手にしつつあると思っていた。

　もちろん、ジョーに愛されているとまでは思わなかったが、少なくとも気づかってくれているとは思っていた。性のテクニックと感情とを混同していたのだ。ジョーには感情はない。少なくともキャロラインの手が届く感情は。ジョーはいつも冷静で、家族以外のだれにも心を開こうとはしない。それは賢いやり方かもしれないと、キャロラインは今思いはじめた。今の彼女は自分の感情を守るためならなんでもするだろう。心の痛みに耐えかねてその場にくずおれ、胎児のように身を丸めずにすむように。それで痛みがいえるものなら、そうしたい。でも何をしても痛みがいえないことはわかっている。

キャロラインが無実だとわかったら、ジョーは何ごともなかったようにまた情事を続けようとするかもしれない。彼女はそうなったときに自分がどう対応するかを想像しようとしたが、どうしても想像できなかった。

それに基地で働き続け、毎日ジョーと顔を合わせることも想像できなかった。今まで男性と深い仲にならなかったのはやはり正解だったのだ。初めての体験は明らかに大失敗だった。だから今残された道は、たとえ考えられないこととはいえ、なんとかしてジョーと一緒に働き続けるか、あるいは職業上の評価に傷がつくのを承知でプロジェクトから抜けるかのふたつにひとつだ。

どうやらこの先、生きがいは仕事しかなさそうな気がする。だとすれば、たとえ相手がマッケンジー大佐でも、ひとりの男のために仕事を棒に振るのは悔しい。たとえありったけの気力を振り絞らなければならないとしても、この仕事を最後まで果たそう。仕事のことならジョーとも話をしよう。礼儀正しくふるまってもいい。でも二度と心を開くような危険は冒さない。これ以上苦しむような余裕はない。今でも耐えられないほどに苦しんでいるのに、まだ試練は始まったばかりなのだ。

「カル・ギルクリストは彼女の名札をデスクの下で見つけたという話をきっぱり否定しました」ホッジ大尉がジョーに言った。もう真夜中近くで、朝まで眠れる見込みはなかった。「彼の話によれば、金曜の早朝にミズ・エヴァンスから電話があり、前日の朝だれかにつけられて怖かったので一緒にオフィスまで行ってくれと頼まれたそうです。彼はまた、一緒に建物に入ってだれもいないことを確かめてから、宿舎に戻り、シャワーを浴びたとも言っています」

ジョーの顔は石のようだった。それまで彼はギルクリストがキャロラインの言ったことをすべて証明するのを期待すまいとしていた。彼女がいるべきでない時刻にそこにいたことをセンサーが証明しているのだから、それは期待しすぎというものだ。

「それならなぜ彼をアリバイに使うんだ？　彼にかばってもらえないことは目に見えていたはずなのに」

「それはどうでしょう。あのふたりはかなり親しい友人のようです。エイドリアン・ペンドリーなら確かに彼女をかばいはしないでしょうがね。もしかしたら彼女は過去にギルクリストと何か関係があって、守ってもらえると確信していたのかもしれません」

「それはないよ」少なくともそれだけは確かだ。キャロラインは今までだれとも深い仲になったことはない。なぜ断言できるのかときかれる前に、ジョーは言った。「イェイツ・コルレスキはなんと言ってる？　彼らは問題がプログラムにあるかもしれないということについて本当に話し合ったのか？」

「はい。その点については彼女の言ったとおりです。コルレスキはプログラムの点検を提案したのがミズ・エヴァンスだということを証言しました。そして、彼女が自分の手柄のために破壊行為をすることはありえない、たとえ金のためでもありえないと、猛烈な口調で断言していました」

「チームの中でほかに金銭や名声のために破壊行為をしそうな人間がいるとは言わなかったか？」

大尉はうなずいた。

「ほかのメンバーはみな潔白なのか？」

「何もかも裏を取るには時間がかかりますが、全員潔白です。センサーの記録がなかったら、私はミズ・エヴァンスも疑わなかったはずです」

それはジョーも同じだった。キャロラインを疑うことなど考えもしなかっただろう。だがそもそも、彼は熱情に目がくらんでいたのだ。考えられるのはただ、彼女をベッドに誘い込み、あの甘美な体に自分をうずめることだけだった。今思えば、あれはどこまで計算ずくだったのだろう？　キャロラインは本当に僕に夢中になってあんなに簡単に処女を捨て去ったのだろうか、それとも……ばかな、あんなふうに抱かれるのに、欲望以外どんな理由がありえるだろう。そう、キャロラインが僕に近づいたのは、夜の翼の極秘情報を得るためでもないし、ことが発覚したときにかばってもらうためでもない。彼女は僕がいなくても欲しい情報はすべて手に入れられる。それにただ一緒に寝たというだけで僕にかばわれるのを期待するのはあまりにも不確かだ。キャロラインは僕が欲しかった。彼女に関してほかのすべてが信じられないとしても、それだけは信じられる。

ならどうする？　かつてこれほど腹が立ったことはなかった……それに傷ついたことも。それは認めたほうがいい。まるでみぞおちに大振りのフックを食らったみたいだ。今まであんなふうに単純に猛烈に僕を揺り動かした人間はいなかった。キャロラインは率直で、残酷なほど正直で、腹黒い策略などみじんもなかった。一歩退いて感情抜きで状況をながめられたらどんなにいいか。でもそれができない。

ジョーは夜の翼に対して感じているような気持をほかの飛行機に抱いたことは一度もなかった。夜の翼は特別だ。特別以上だ。夜の翼は歴史の奇跡、空の魔術だ。あの飛行機を守るためなら、喜んで命を投げ出すだろう。なぜなら祖国を守るために必要なものだから。単純な愛国心、あの飛行機に対する純粋な愛。あの飛行機はジョーのものだ。

そして彼はキャロラインも自分のものだと思って

いた。自分の女だと。

　単純にキャロラインと夜の翼のどちらかひとつを選べと言われたら、ジョーはキャロラインを選んだだろう。それで自分を軽蔑するとしても、彼女が傷つくのを黙って見ていることはできない。しかしキャロラインと祖国とをくらべたら……迷う余地はない。迷えるはずがないし、迷ってはいけない。キャロラインがどんなに猛烈で勇敢でも、たとえ彼女がだれもしなかったやり方で彼に挑み、全力でその戦いに身を投じても、それは変わらない。ジョーが初めてキャロラインを抱いたとき、彼女は手加減を許さなかった。彼の強さをまともに受け止め、それに自分の強さで応《こた》えた。キャロラインは決してひるむことなく真っ向から人生に立ち向かっていく。

　ジョーの思考がぱたりと止まり、眉根がかすかに引き寄せられた。キャロラインは暗闇《くらやみ》をこそこそ忍び歩くタイプには見えない。もしかしたら僕は自分で思うほど彼女のことをよく知ってはいなかったのかもしれない。でも彼女の中によこしまな部分がまったくないことだけは断言できる。

　ジョーはキャロラインに会いたかった。ほかの人間に邪魔されない場所で、一対一でききたいことがあった。何がなんでも彼女に本当のことを言わせたかった。

11

ジョーは真っすぐキャロラインの宿舎に向かうつもりだったが、途中まで来て気が変わり、単身士官宿舎の自分の部屋に戻った。あまり気が立っているときに彼女に会うのはよくないし、民間人用の臨時宿舎の周辺には余計なことを聞かせたくない人間が大勢行き来している。

これほど腹が立ったことはなかった気がする。だがそもそもこんなふうに裏切られたことがなかったのだ。いったいどうして彼女はあんなことをしたのだろう？　きっと金のために違いないが、裏切り行為を単なる金もうけの一手段として考えられる人間の気持が、ジョーには理解できなかった。

裏切り行為。ジョーの頭の中でその言葉が何度も反響した。もし告訴されて有罪の判決が下れば、キャロラインはおそらく執行猶予も与えられず、死ぬまで刑務所で暮らすことになるだろう。

もう二度と彼女を抱くことはないかもしれない。そう思うとまた無性に腹が立ち、ジョーは狭い宿舎の部屋の中を行ったり来たりした。彼はたった一度の週末では満足できなかった。たとえ千回同じ週末を繰り返しても、キャロラインを抱き飽きることはなさそうな気がする。それに用心もせずに二度も彼女を抱いてしまったことも、一生忘れるわけにはいかない。今なら安全だと本人は言っていたけれど、妊娠していないとは言いきれない。

まったく、なんてことだ！　もし妊娠していたら……いや、取り越し苦労をしても始まらない。結果はじきに出るはずだ。でももしキャロラインが僕の子供を宿していたらどうしよう？　たとえ妊娠していても、彼女が刑務所に行くのを防ぐ方法はない。

でもそれはキャロラインが妊娠したことを話してくれればの話だ。今夜、オフィスを出ていったとき、彼女はジョーを見もしなかった。彼がじっと反応をうかがっているうちに、突然キャロラインは自分の中に引きこもってしまった。目の前でそれが起こるのがありありとわかった。まるで光が消えたようだった。彼女のあの活力も、敏感さも、驚くほどのエネルギーもすっかり姿を消し、残ったのはただ抑揚のない声で質問に答え、人形のようにうつろな目を向ける不動のマネキンだった。

そんなキャロラインを見るのは腹立たしくてならなかった。乱暴に彼女を立ち上がらせて揺さぶり、いつものあの単純明快な見事な怒りを自分に向かってぶつけさせたかった。しかしそうはしなかった。いったんその衝動に屈したら、完全に自制心を失ってしまうからだ。それだけは避けたかった。

今何よりも望むのは、キャロラインの宿舎に飛び込んでいって彼女を抱くことだ。キャロラインが自分のものだということを彼女に思い知らせるまで激しく延々と抱き続けることだ。そんなことをしても何も解決しないかもしれないが、少しは気が晴れるだろう。でもそれもできない。キャロラインをひと目見ただけで、これまで危うく怒りをせき止めていた最後の壁が一気に崩れ去り、感情の洪水が理性も何もすべて流してしまうだろう。

キャロラインはカバーをかけたままの狭いベッドの上に横になっていた。シーツの間にもぐり込んで寝るだけの気力がなかった。そんな普通の行動がひどくおっくうに感じられた。シャワーを浴びて寝間着を着ることは着たが、眠るふりをすることさえ面倒だった。ただできるのは、静かな闇《やみ》の中に横たわってじっと天井を見つめることだけ。心臓が脈打ち、息をするたびにあばら骨がゆっくりと規則的に広がるのがわかった。つまりまだ生きているということだ。でも生きている気はしなかった。何も感じず、心は死んでいた。

今ごろはもう大尉とジョーはカルと話し、私が事実を言っていたことを確認しただろう。ジョーも自分が間違っていたことに気づいたはずだが、なぜか少しも満足を感じなかった。それでも、少なくともジョーかホッジ大尉のどちらかが〝悪かった、自分たちが間違っていた〟と電話してくるのを期待していた。いくら彼らでも私の安眠を妨げないように翌朝まで知らせを控えるようなばかではないだろう。

あるいは、カルがうそをついたとか。

ありえないことではない。その考えが意識に滑り込んできたのは、ベッドに横になって少ししたときだった。あんなに動揺していなければ、もっと早く気づいたかもしれない。昼間、格納庫でレーザー・ポッドを見つめながら、事故の原因をあれこれ推測していたときの考えをそのまま突きつめていけば、当然そういう考えが浮かんでもおかしくはなかった。

カルはコンピュータの天才だ。金曜日にあのささいな電流の異状を突き止めたのはカルだったが、それはキャロラインがコンピュータを調べはじめた直後だった。あのときはなんとも思わなかったけれど、もしカルがコマンドに手を加えていたとしたら、彼女に本気でコンピュータを調べられるのは迷惑だろう。カルはこれまでにも何度かキャロラインと専門的な話をしているので、彼女がコンピュータ・サイエンスの学位を持っていることは知っている。それに金曜日も今日も――もう十二時をまわったので昨日になるが――カルはひどくやつれた顔をしていた。徹夜のせいだろうか？　普段はゴムボールみたいに元気がいいのに。

それにキャロラインの名札に手を触れたのは本人

をのぞけばカルだけだ。もしかしたら木曜日にキャロラインが名札を落としたときに彼がそれを拾い、センサーの前で人数と名札の数が一致するように彼女と一緒にオフィスを出たのかもしれない。キャロラインはセンサーが建物から出ていく人間も監視していることは知らなかったが、カルは知っていたのかもしれない。なんといっても、彼は最初からチームで働いていたし、そういうことをよく知っている。キャロラインなどは自分の仕事に直接関係のあることにしか関心がないのに。

カルが木曜の晩にキャロラインの名札を使って再度オフィスに入ったとしても、日曜の晩には彼女の名札を持っていなかったことは確かだ。

でも名札は簡単に複製できるのだろうか？　それをするには基地の外へ出なければならないが、できないことではない。センサーによれば、キャロラインは夜の十二時ごろに再度オフィスに入ったことになっている。数時間もあれば名札をコピーすることはできるだろう。

そして翌日の金曜の朝、キャロラインはカルに電話し、オフィスに行って名札を捜してくれと頼んだ。カルにとっては名札を彼女に返して紛失届が出されないようにするには絶好の機会だったはずだ。そうでなければ認識ナンバーがコンピュータから消されてしまうので、あの名札は二度と使えなくなる。

キャロラインは考えを中断し、額をこすりながらすべてのつじつまを合わせようとした。キャロラインの電話がカルにとって偶然の幸運だったとしたら、名札を複製するのは無謀な賭《かけ》だったはずだ。カルは彼女が電話するのを予想していたのだろうか？　確かに賢い予想だ。キャロラインはイェイツには電話しなかっただろうし、エイドリアンにはするだけ無駄だと思っただろう。それに彼女が憲兵隊に電話しないことを予想したのも正しかった。確実な予想ではないが、リスクもさほど大きくない。

　それからどうなったのだろう？　センサーによれば、キャロラインとカルは一緒に建物に入り、一緒に出てきたことになっている。きっとカルはセンサーで読み取れる位置に彼女のカードを身に着けていて、オフィスにいたのは自分ひとりではないからプログラムに手を加えるような機会はなかったという証拠をつくろうとしたのだろう。でもそれなら、なぜセンサーはカードが二枚あるのに人間がひとりだけだということに気づかなかったのだろう？

　もしかしたらセンサーはホッジ大尉が思っているほど優秀ではないのかもしれない。もしかしたらあの装置はカードを持たない人間を探知するようにプログラムされてはいるけれど、人間抜きのカードは探知できないのかもしれない。カルはセンサーをだます方法を考え出したのかもしれない。考えられることはたくさんあるけれど、どれも推測どまりだ。コンピュータに通じたカルのことだから、基地のコンピュータに入り込んであの朝のキャロラインの出入りを記録に書き込んだことも考えられる。でもそれはキャロラインにはわからないし、これからも決してわからないだろう。

　でももしカルが犯人だとしたら、これからどうするか？　プログラムに変更があるとすれば、コンピュータ分析で発見されることは目に見えている。カルは分析がプログラムの比較だけにとどまることを見越して、手を加えた部分を元どおりに戻そうとするだろうか？　それともキャロラインにとってさらに不利な証拠をつくろうとするだろうか？

　きっと後者だろう。そのほうがはるかにやりやすい。ただプログラムを元どおりに直すために手間暇かけるようなことはしないはずだ。カルはキャロラインが疑われている限り、抜け目なくその容疑を利用しようとするだろう。

突然、キャロラインの心臓が音をたてて打ちだした。もしカルが犯人で、ほかにも何かするつもりでいるなら、今夜のうちにするしかない。今ならまだことは始まったばかりだ。もう少しすれば警備の網の目も密になって、何ひとつ逃れられなくなるけれど、今ならまだ機会はある。

キャロラインはチームのメンバー全員が外出禁止になっているのは知っていた。でも彼らのバーコードはすでにコンピュータから消されているのだろうか？　軍の事務は大企業と同じでたいてい昼間に行われる。外出禁止令は今夜出されたばかりだ。ホッジ大尉はすぐさまだれかを呼び出してそれをコンピュータに書き込ませただろうか？　それとも朝まで待つつもりだろうか？　人間の性質からして、きっと後者だろう。結局のところ、容疑をかけられているのはキャロラインひとりだけだし、たぶん当面の間、彼女には見張りがつく。

キャロラインはふと思い立ってベッドをころがり出ると、キッチンの壁の上のほうについている古風なクランク開閉式の小窓に近づいた。そこから外を見るには椅子の上に立たなければならなかった。思ったとおり、道の向こう側に憲兵隊の車が一台止まっていた。外灯の明かりで、前の座席に男がふたり座っているのが見える。ずいぶんあからさまなやり方だが、考えてみれば当然だ。これは秘密捜査などではなく、お決まりの単なる警護にすぎないのだから。

ドアはひとつしかない。

しかし寝室にもひとつ、高い小窓がある。キャロラインはほとんど何も見えない闇の中を慎重に歩いて寝室に戻り、壁から差し込む小さな長方形の光を見上げた。男性なら絶対に抜け出せそうにないし、自分でも自信はなかったが、それでもキャロラインはベッドの上に立ち上がって外をのぞいた。そちら側の道路にはだれもいなかった。

でももしカルがすやすや眠っているとしたら、苦労するかいはない。カルは完全に白かもしれないし、キャロラインの言ったことを裏づけてくれたかもしれないのだ。それを忘れてはいけない。罪を証明されるまでは無実だというのがこの国の法律だ。ホッジ大尉はその考え方を少し再教育される必要がある。

起きていることを知られて表の道路にいる憲兵に警戒されては困るので、明かりはつけたくなかった。だからキャロラインは手探りでカルの番号をまわした。彼が宿舎にいるかどうかを調べるのなら電話がいちばん手っ取り早い。もしカルが出たら、しばらくおしゃべりでもしよう。

五回めのベルが鳴るころには、キャロラインはカルがいないことを確信しはじめた。彼がぐっすり眠っている場合を考えてもうしばらく待ってみたが、ベルが二十回鳴ったところで受話器を置いた。二十回。しかも宿舎の電話はどんなに眠りの深い人でも深夜の緊急電話で目が覚ませるようにベッドの横に取りつけられている。カルは宿舎にいないのだ。

キャロラインは怒りに歯を食いしばった。ひどい人！　友達だと思っていたのに。好きだったし、信頼してもいたのに。最初はジョー、そして今度はカル。即座にキャロラインはジョーのことを頭から振り払った。苦痛に耐えられなかったからだ。カルに怒りを集中するほうがはるかに害は少ない。

キャロラインはまた小窓を見上げた。こもった熱気を外へ出すために、二枚の細長いガラス板をクランクで外側に開く仕組みになっている。その装置全体を暗闇の中で取りはずさなければならない。取りはずしても、体が通るかどうかは疑わしい。

でもやってみなければわからない。

レーザーやコンピュータの仕事をしてきたおかげで、キャロラインは工具には慣れている。それに旅に出るときはいつ何が必要になるかわからないので、ドライバーやペンチのセットが入った小さなポーチを必ず持っていくことにしている。彼女は戸棚からポーチを取り出し、中身をベッドの上にぶちまけた。問題は、真っ暗なのでどの工具が必要かわからないことだ。

しかし運よくペンシル型の懐中電灯を持っていた。窓の外から小さな光線を見られるかもしれないけれど、あえて使うことにした。たぶん外の地面に明かりの輪が落ちて憲兵を警戒させるようなことはないだろう。キャロラインはベッドの上に立ち、ほんの一瞬だけ懐中電灯をつけてすぐに消した。そのわずかな時間に、窓の装置を固定しているねじにはフィリップスのプラスのドライバーが必要なことがわかった。五分後には、二枚のガラス板とクランク開閉装置はばらばらになってベッドの上にころがっていた。

そこまでは簡単だった。でも窓を抜けるのはちょっと難しい。

キャロラインは目測した。肩は斜めにして通せばいい。いちばんの難関は頭と腰だ。お尻は押しつぶせても、頭蓋骨《ずがいこつ》は押しつぶせない。彼女はまず頭から出すことにした。そうすれば頭が通るかどうかが即座にわかる。もし足から先に出して、胴体まで外に出たところで頭だけ中に残ってしまったらたまらない。少なくとも恥はかくだろう。それも首つり状態で死ななければの話だが。

まずは服を着替え、靴をはかなければならない。キャロラインは表側の部屋から光を見られないように注意しながら懐中電灯で衣装戸棚の中を照らした。黒っぽい服のほうが賢明だけれど、そういう服は持ってきていない。何しろ八月の南ネバダ砂漠だ。まさか暗闇を忍び歩くはめになるとは思わなかった。

明るい色の服を着て出たらひどく目立つには違い

ないが、ほかに仕方がない。とにかくだれにも見られないように注意しよう。

自分のうかつさに腹を立てながらも、キャロラインは薄いコットンのズボンとTシャツを素早く着込み、文句があるかという顔で名札をポケットに滑り込ませた。もしつかまっても、名札を持っていないといって憲兵に責められることはない。それからふと思いついて鍵《かぎ》もポケットに入れた。あの窓から部屋に戻るのはまず無理だ。といっても、もしカルの悪巧みをあばくことができれば、もう表の憲兵を気にする必要もないのだが。

キャロラインは再びベッドによじ登った。しかし一分ほど試行錯誤した結果、もっと高い位置から水平に近い角度で抜け出なければならないことがわかった。そこでキッチンの椅子を持ってきてベッドの上に置き、その上に登った。不安定な足場だが、窓の縁につかまっているので落ちる心配はない。

まず片側の腕と肩を出し、それから顔を横向きにしてなんとか首を出した。ちょっとすりむいたが、大した傷ではなかった。身をよじって別の肩と腕を出し、両腕を下の壁に突っ張りながらくねくねと前に進んだ。おそらく腰が外に出たとたんに重心が急に前に移り、窓にかかった脚を引きずって頭から落下してしまうだろう。大した高さではないけれど、首の骨は折りたくない。それを防ぐために、あるいはせめて落下速度をゆるめるために、脚を折り曲げてかかとを壁の内側にあてがい、少しずつ少しずつ前に進んだ。

窓の縁が柔らかな尻に食い込んだが、キャロラインはその痛みを無視してさらに前に進んだ。とたんに上半身ががくっと前に傾いた。先刻恐れていたことが起こるのを防いでいるのは、壁の内側で折り曲げた脚だけだ。キャロラインはあわててもう一度腕を突っ張り、できるだけ体が垂直にならないようにしてから、憲兵隊の車が止まっている表側の道路のほうにおびえた目を向けた。ありがたいことに、そこからは車は見えなかった。

一分ほどそうしていたあとで、キャロラインは避けがたい事実を直視した。見苦しさは避けられない。きっとすり傷やあざができるだろう。しかも今となっては逆戻りしてずるずると部屋に戻ることもできない。脚は重みに耐えかねてぶるぶる震えている。どれほど痛い思いをするかをよくよく考えださないうちに、キャロラインは思いきって脚を伸ばし、同時に腕で壁を押しやって、窓から飛び出すように落下した。着地したときに頭などの致命的な部分を打たないように空中で必死に体をひねり、なんとか横向きに落ちることができた。大した落下距離ではないのに、着地の衝撃は思ったよりずっと激しかった。こめかみと頬、それに左腕と左の足首が砂利にあたってすりむけた。なぜか両膝を強く打ったらしく、片側の肩にも衝撃があった。

しかしただそこに座って傷を調べているわけにはいかない。まだ頭はふらふらしたが、キャロラインは自分にむち打ってよろよろと立ち上がり、建物の横の暗がりに沿って急ぎ足に反対方向へ進んだ。憲兵に制止されることもなく百メートルほど進んだところでやっとひと息つき、深呼吸をした。とたんに傷の痛みが襲ってきた。キャロラインは立ち止まり、身をかがめて両膝と尻をさすった。それから肩をまわして異状がないことを確かめ、顔の横に恐る恐る手を触れた。血は出ていないようだが、すりむいたところがひりひり痛む。普段はベルト代わりにしているスカーフをズボンのベルト通しから引き抜き、そっとすり傷をぬぐって顔についた土や砂利のかけらを払った。

これもまたカルのせいだ。

キャロラインは重い足を引きずって歩き続けたが、

もう人に見られないように気づかうのはやめた。こそこそしているほうが余計人目につくと思ったからだ。普通に歩いていれば、だれも気にはとめないだろう。

ジョーはベッドに身を起こし、シーツをはねのけた。そして口の中でしきりに悪態をつきながら立ち上がり、ジーンズとブーツを身に着けはじめた。これは軍の任務ではない。それにやけに広々と感じられるベッドの上で何時間もいらいらと過ごしたおかげで、もう忍耐は使い果たしてしまった。彼は腕時計を見て驚いた。まだ〇二〇〇時だ。ベッドに入ってまだ二時間もたっていないのに、まるで四時間も五時間もたったような気がする。でもそれはどうでもいい。どんなに長い時間を過ごしたにせよ、キャロラインに会ってけりをつけなければ眠れないだろう。ジョーは彼女がなぜあんなことをしたのかを、本人の口から直接聞きたかった。先刻オフィスでは無視されたけれど、もう二度と無視されるつもりはなかった。

大した距離ではないので、トラックには乗らずに歩いていくことにした。歩いているうちに気持も落ち着くかもしれない。ジョーは自分が今にも爆発しかねないのを感じていた。最後にかんしゃくを起こしたのは六歳のときで、それ以来二度とかんしゃくは起こすまいと心に誓っていたのだが、キャロラインは彼の自制心をとことんまですりへらす。

闇の中を人目をはばかる様子もなく歩いてくるほっそりした人影に気づいたのは、四百メートルほど歩いたときだった。一瞬ジョーは怒りに狂って幻覚でも見たのかと思った。彼は立ち止まり、相手に見られないように一歩退いてごみ箱のそばに片膝をついた。やはり彼女だ。頭上の街灯の光を受けて、金色の髪がきらきら輝いている。それにあの歩き方はすでに自分の顔のように目になじんでいる。ほっそりした肩を横柄に怒らせた様子や、丸みを帯びた腰のかすかな揺れも、記憶に焼きついている。

僕に会いに来たのだろうか？　ジョーの心臓が高鳴ったが、そのうちふと疑問がわいた。どうやって監視をすり抜けたのだろう？　キャロラインに監視がついていることはジョーも知っていた。彼自身がホッジにそれをすすめ、同意を得たのだから。それにホッジが命令を下すのも自分の耳で聞いていた。それなのに今彼女はここにいて、朝の二時に基地を歩きまわっている。憲兵は見あたらない。

ジョーはキャロラインが通り過ぎるのを待って立ち上がった。いつものように音もなく歩き、五十メートルほど距離を保ってあとをつけた。もしキャロラインが単身士官宿舎のほうに曲がったら急いで追いつくつもりだった。しかし彼女は単身士官宿舎の前で立ち止まりもしなかった。ジョーの怒りは頂点に達した。キャロラインは真っすぐオフィスに向かっている。まったく油断のならない女だ。うしろから彼女に飛びかかって首根っこをつかみ、膝の上に体を折り曲げてやりたいというあらがいがたい衝動に、手のひらがうずいた。あのきれいな小さな尻を思いきりひっぱたいてやったらさぞすっとするだろう。彼女も僕の怒りのほどを思い知るはずだ。自分がどれほど危うい立場にいるかわからないのか？

もちろんわかっているはずだ。キャロラインは自分の行動で有罪を証明している。たぶんやりかけた仕事を最後までやり抜くつもりなのだろう。

ジョーは憲兵に知らせに行こうかとも思ったが、それより彼女をつけ続けることにした。もしキャロラインがオフィスに火をつけるとか、そんなそぶりでも見せたら、その場で押さえつけて憲兵が来るまでつかまえていればいい。実際、押さえつけるのは楽しいだろう。憲兵を待つ間にさっき考えたお仕置をするのも悪くない。

　キャロラインが立ち止まり、ポケットから何か取り出してシャツにつけるのが見えた。名札だ。なぜホッジはあれを取り上げなかったのだろう？　その必要はないと思ったからだ。キャロラインは監視されていたし、彼女の認識コードは翌朝にはコンピュータから消されるはずだった。ジョーはまた急に腹が立ったが、今度は自分とホッジに対してだった。あまりにもうかつだった。しかもことは夜の翼のような極秘プロジェクトだ。キャロラインは基地の外には出られないが、基地の中でならまだ騒ぎを起こせる。警備をテクノロジーに頼りすぎていたのが間違いだった。それは即刻改めなければならない。

　建物の中にはすでにだれかがいた。窓のひとつにほとんど目に留まらぬほどのぼんやりした光が見える。キャロラインもそれに気づいたらしく、顔を横に向けてじっとその光を見つめ、それから真っすぐドアに近づいていって中に入るのが見えた。幽霊のようになんの物音もたてなかった。

　二十秒ほど間を置いて、ジョーも中に入った。彼は名札を身に着けていないので、即座に警備本部の警報が鳴るのはわかっていた。

　前方にキャロラインの姿が見えた。彼女はオフィスに入り、電灯のスイッチを入れた。まぶしい光が彼女を照らし出した。「何をしたの、また私の名札を使ったの？」彼女は中にいるだれかを激しく詰問した。「キャロライン・エヴァンスが立て続けに二度もここに入ったら、たぶんコンピュータは気が狂うわよ。私の仕事を妨害したのはあなたね！」

　ジョーの頭の中でひらめきが爆弾のように炸裂《さくれつ》した。彼がそのショックに打ちのめされている間に、キャロラインはオフィスの奥へ進み、見えなくなった。なんてばかなことを！　用心てものを知らないのか？　裏切り者を追いつめるのは危険だということとも考えず、いきなり飛び込んでいくなんて。ジョーは駆けだし、音もたてずに廊下を走り抜けた。どうか銃声が聞こえませんようにと、それだけを全身全霊で祈った。もし銃声が聞こえたら、あの無鉄砲な果敢さもそれまでだ。

　中で急に人が動き、あえぎ声が聞こえ、どすっという不気味な音がした。ジョーが戸口から飛び込んでいくと、キャロラインが床に倒れ込むところだった。カル・ギルクリストが真っ青な顔でコンピュータのモニターの前に立っていた。ジョーはカルの視線が自分のうしろにそれるのに気づいて振り向こうとしたが、遅すぎた。気も狂わんばかりの恐怖に気を取られて反応が遅れたのだ。何かが勢いよくこめかみにぶつかるのがわかった。まるで頭が爆発した感じだった。そして目の前が真っ暗になった。

12

キャロラインはゆっくりと意識を取り戻した。初めは不快な震動しか感じなかった。頭の奥が鈍くうずいて感覚がはっきりしなかったが、やがて肩と腕にも痛みを感じはじめた。そのうち、どこかで人の話し声がして、そばにだれかがいるのに気づいた。しかしそれがだれなのかも、自分がどこにいるのかもわからず、一瞬ぎょっとして頭が空白になった。

　やがてキャロラインは声の主のひとりに気づき、急に頭がはっきりした。何もかも思い出した。カル。あれはカルの声だ。それに気づくと同時に、自分がたぶんヴァンか何かそういう車に乗せられていて、手足を縛られているのに気づいた。しかもさるぐつわまでかまされている。

　キャロラインはゆっくりと目を開けたが、すぐにまた閉じた。窓から差し込むまぶしい光が目に突き刺さってきたからだ。ごおっという音がして、別の車が一台すれ違ったのがわかった。彼女はもう一度目を開けてみたが、今度はまぶたを少しだけ持ち上げて不快な状況に慣れようと試みた。きっと二日酔いというのはこんな気分なのだろう。でもキャロラインはその前の酔いの楽しさも味わっていない。苦あれど楽なしだ。

　隣にだれかが横たわっていた。

　キャロラインは今度はぎょっとして目を閉じた。隣にいるのが男性だとわかったからだ。彼女は手も足も出ない自分の状況を痛いほど意識した。ああ、神様、私はレイプされるの？

　しかし男は動かない。キャロラインが恐る恐るもう一度目を開けてみると、そこにはジョー・マッケンジーの怒りに燃えた水色の目があった。

　たとえさるぐつわがなくても、キャロラインは何も言えなかっただろう。それほど驚いたのだ。どうして彼がここにいるのだろう？　自分がどうしてそんな窮地に陥ったかはよくわかっている。愚かなことだが、カルのほかにだれもいないことを確かめもせず、やみくもにオフィスに飛び込んでいったのだから。でもどうしてジョーまで巻き込まれたのだろう？　そこまで思って、急に恐怖に胸が詰まった。つまりジョーも危険にさらされているのだ。

「そのことは忘れて国を出ようと言ってるんだ」カルが興奮して言うのが聞こえた。「あれはもう終わったんだ。あいつらがシステムを徹底的に調べたら何もかもばれてしまうよ」

「だから僕はみんなに言ったんだよ。君にはそんな度胸はないってね」だれかがばかにしたように言った。キャロラインはジョーから目を離し、前を見ようと首を持ち上げた。カルは運転席に座り、その横にもうひとり男が座っている。見覚えのない顔だが、同時にどこかで見たような気もした。

「人を殺すなんて話は聞いてなかったよ」カルはかっとなって応じた。

「それにあの飛行機が撃ち落とされたときにパイロットが死んでいたとしても、君には責任はなかったっていうわけか？」

「それはまた別だよ」そう言いながらも、カルの声は動揺していた。

「そうさ、別だよ」

「あれは……偶然だった。でもこれは意図的な殺人だ。僕にはできないよ」

「だれも君にやってくれとは言ってないさ」相手はいらいらと言った。「君にはそんな度胸はない。僕らがやる。心配しなくていいよ、君には見えないところでやるから」


　両手をうしろで縛られていなかったら、キャロラインはその男に飛びかかっていっただろう。それほど腹が立っていた。彼の言い方を聞いていると、まるで人殺しではなく洗濯でもするように聞こえる！

　ジョーが彼女の足首をブーツでこづいた。こづいたというより蹴《け》りつけた感じだ。それでなくても痛い足首を。キャロラインがジョーをにらみつけると、彼は警告するようにかすかに首を振った。キャロラインは彼を蹴り返した。ジョーは痛がって目をぱちくりさせた。

　ふたりが乗っているヴァンは明らかに人間ではなく荷物を運ぶためのものらしく、金属の床にはカーペットも何も敷かれていない。車は曲がり角やカーブやでこぼこ道を通るたびに揺れ、不快な姿勢がますます不快に感じられた。それでなくてもキャロラインは痛むほうの肩を下にして横たわっている。しかも両手をうしろで縛られているのだからたまらない。

　キャロラインは自分が何で縛られているのかを見ようとした。ナイロンのひものような感触だ。しかしさるぐつわは自分のスカーフらしいと気づいて、ますます屈辱を覚えた。ポケットにはまだ鍵《かぎ》が入っている。それを取り出して、ジョーと背中合わせの体勢になれれば、そして時間が十分にあれば、鍵の縁でナイロンを切ることができるかもしれない。鍵は鋭くはないが、ぎざぎざしている。ジョーがポケットにナイフを持っていたとしても、たぶんそれは取り上げられただろう。男がナイフを持ち歩くのはよくあることだが、女のポケットに何かが入っていることはあまりない。明らかにカルとその相棒はキャロラインのポケットを見逃したらしい。

「あのふたりを殺しても仕方ないよ」カルが疲れた声で言っていた。「もう終わったんだ。僕らがあそこを出るころには、もう憲兵隊があちこちに群がりはじめていた。今ごろは僕が基地を出たことはばれてるし、このヴァンのナンバーは軍に記録されている。キャロラインと大佐が姿を消して、しかもどちらも基地を出た形跡がないとなったら、連中はすぐに察しをつけて、遅くとも一時間以内にはこの車を国中に指名手配するよ。今はまだ終身刑ですむとしても、あのふたりを殺したら死刑は確実だ」

　その考え方はキャロラインには大いに納得のいくものだったが、カルの相棒は感心しない様子だった。その男は答えさえしなかった。

　ときどきキャロラインは自分の理屈っぽい性格がいやになる。相手が自分の聞きたくないことを話しているときでさえ思考を止めることができない。カルの相棒がカルの反論を無視するとすれば、それは自分が破壊行為に結びつけられることはないと確信するだけの理由があるからだろう。本人が言ったように、カルは破壊行為に加わったことをすでに知られている。でももうひとりの男のほうは自分は安全だと思っている……カルがつかまって共犯者の名前を吐かない限りは。つまりカルの相棒は、カルが生きていて口を割らない限り自分は安全だと思っているのだ。

キャロラインは舌でさるぐつわを押しながら顔をヴァンの床にこすりつけ、必死にさるぐつわをはずそうとした。ジョーがやめろと言うようにまたキャロラインをにらみつけたが、彼女は無視した。キャロラインの動きを感じ取って、助手席の男が振り向いた。

彼は愛想よく言った。「お目覚めかい、ミズ・エヴァンス？　頭痛がそれほどひどくないといいが」

ジョーは再び目を閉じて身じろぎもせずに横たわっていた。キャロラインはスカーフにおおわれた口からうなり声をあげ、縛られた足を蹴りつけ、身をくねらせてさるぐつわをはずそうとした。

「無駄な努力はやめたほうがいいよ」男はやや退屈したような穏やかな声で言った。「どうせ逃げられはしないし、もがけばもがくほどひもが食い込むだけだ」

キャロラインはひもなどどうでもよかった。目的はさるぐつわをはずし、ポケットから鍵を取り出すことだ。ズボンはゆったりしていて薄手のコットンでできているので、やろうと思えば不可能ではないが、ポケットが深いのでそう簡単にもいかない。キャロラインは男に向かって意味不明の悪態をつきながらもがき続けた。

とうとう口からスカーフがはずれると、キャロラインはとっさに体を動かしてジョーに近づき、彼の肩に顔を押しつけ、スカーフと彼のシャツの摩擦を利用してスカーフをずり下げた。その間ジョーはまったく動かず、目も閉じたままだった。キャロラインはスカーフが首のまわりにだらりとたれるまで顎を動かし続けた。それを見て助手席の男が顔をしかめ、膝立ちになって上半身をねじった。

「人でなし、この人を殺したのね！」舌も顎も思うように動かなかったが、キャロラインはしゃがれた声にありったけの怒りを込めて叫んだ。

ハンドルを握っていたカルがぎょっとした拍子に車が大きく横に揺れた。カルはさっと顔を振り向けてうしろを見た。助手席の男が必死でバランスを取りながら言った。「道路から目を離すな！」

「気を失っただけだって言ったじゃないか！」

「死んじゃいないよ。あそこから連れ出して縛る前にあの大男が目を覚ましたら厄介なことになると思って、彼女より強めになぐっただけさ」

キャロラインはどなった。「カル、その人はあなたも殺す気なのよ！　あなたに罪を全部なすりつけるつもりでなかったら、自分が死刑になるのを心配しないはずがないでしょう」

男が座席からさっと身を乗り出し、手を伸ばしてキャロラインの首をつかもうとした。キャロラインは猫のように素早く首をまわし、男の腕にかみついた。男は大声でわめきながら手を引っ込めようとしたが、キャロラインは容赦せず、できるだけ痛手を負わせようと顎に力を込めた。

車は右に左に大きく揺れ続けた。カルは右手で助手席の男をつかみながら左手でハンドルを操作している。ふたりのどなり声と悪態がひとしきり続いたあと、突然、助手席の男が右手の拳《こぶし》でキャロラインの頭の横をなぐった。キャロラインの目の前に星がちらつき、顎の力が抜け、首ががくっと床に落ちた。気を失いはしなかったが、頭がくらくらした。

前の座席でふたりがもみ合ううちに、片側の車輪が浮くほどヴァンが大きく傾いた。カルが急ブレーキを踏み、車は勢いよく横に旋回して滑りながら舗装路をはずれた。舗装路と泥道の違いはキャロラインにも感触ではっきりわかった。やがて浅い溝にでもはまり込んだのか、ヴァンはかすかに右側に傾いて止まった。その拍子にキャロラインの体がジョーの体に押しつけられた。重みを受けて彼の筋肉がこわばるのがわかったが、彼はうなり声さえあげなかった。代わりにジョーはほとんど聞き取れないほどのささやき声で言った。「僕の右側のブーツにナイフが入ってる」

もちろんよ。何しろ大佐なんて連中はみんな靴の中にナイフを隠してるんだから、とキャロラインは思った。自分はポケットからキーを出すこともできずにいるのにジョーがちゃんと武器を持っていると思うと悔しくて、彼にもかみついてやりたくなった。しかしそうはせず、どすんどすんと体を動かしてヴァンの後部に移動した。おかげでまたあざが増えた。カルと相棒はまだもみ合っていて、相棒の手に何か金属のように光るものが握られているのが見えた。ピストルだわ、とキャロラインは直感で思った。

そのうちカルがドアを開き、外へ飛び出した。たぶん狭い車内でピストルを向けられては勝ち目はないと思ったのだろう。相棒はすさまじいけんまくでしきりに悪態をつきながら助手席のドアを開け、あとを追った。

キャロラインは体をころがして背中がジョーの足元に来るように向きを変え、手探りで右側のブーツを探って彼のズボンをずり上げた。あまり時間はない。たぶん一分もないだろう。ナイロンのひもで縛られて感覚のなくなった手がやがてとうとうナイフの取っ手をつかみ、引き出した。

ジョーはすでに体の位置を変え、縛られた手を彼女の前に差し出していた。背中合わせの状態でナイフを扱うのは難しい。手元が見えないのでナイロンのひもを切っているのか肌を切っているのかわからないからだ。でももし肌を傷つけたらジョーが知らせてくれるだろう。ナイフは鋭かったらしく、五秒もしないうちにひもが切れたのがわかった。ジョーは再びキャロラインから離れて身を起こし、感覚のなくなった彼女の手からナイフを取り去った。彼女が首をよじって見ているうちに、ジョーは素早く足のひもを切り、くるりと彼女を振り向いた。両手が一瞬ぐいと引っ張られ、そして自由になった。キャロラインが手を前にまわす暇もなく、ジョーが彼女の足のひもを切り取り、それから自分のさるぐつわをはずし、キャロラインのスカーフと同じように首のまわりにだらりとたらした。

車の前のほうで銃声が響いた。

「ここにいろ」ジョーが言い、しなやかな身のこなしで運転席に飛び移ると、ハンドルの前に座って身をかがめた。車のエンジンはかかったままだった。ジョーは素早くギヤを入れ、アクセルを踏んだが、車輪は空まわりするだけだ。ジョーは自分をののしりながらアクセルを離し、ギヤをリバースに入れてからゆっくりとアクセルを踏んだ。彼はトラックには慣れていたが、ヴァンはトラックほど力がない。タイヤはしばらく軟らかな土を引っかいていたが、そのうちやっと抵抗がかかり、最初の試みでできたわだちからうしろ向きに抜け出した。

ヘッドライトの光線の中に、ヴァンのほうに駆け戻ってくる男の姿が見えた。カルの姿はない。

ジョーがギヤをファーストに入れると同時に、キャロラインが後部から乗り出して彼の横に並んだ。男は立ち止まり、ピストルを構えた。ジョーがキャロラインの頭に手をかけて押し倒し、自分も身をすくめたとたん、再び銃声が響き、フロントガラスが割れて破片が車内に飛び散った。ジョーは首をすくめたままアクセルを踏み続け、ヴァンは地面のかすかなへこみから飛び出した。タイヤがアスファルトに触れると同時に横滑りし、また車体が旋回した。

ジョーは必死で車を垂直に保とうとした。

　続けざまに二発、また銃声がとどろき、どすんという衝撃が伝わってきた。ヘッドライトがひとつ消えた。残ったライトの光線の中に一瞬、凍りついた男の姿が見えたが、やがて男は横に飛びのき、猛スピードで通り過ぎるヴァンをやり過ごした。

「キャロライン！」ジョーは叫んだ。彼女が無事だということを確かめたかったのだが、両手はハンドルでふさがっているし、ガラスのなくなった窓からもろに吹きつけてくる風で目が見えず、首を振り向けるわけにもいかない。

「何？」キャロラインが叫び返した。

「顔を上げるな。また撃ってくるかも……」

　言い終わらないうちに、銃弾がうしろの窓ガラスを打ち砕いた。ジョーの血が冷たくなった。

「キャロライン！」

「なんなの？」キャロラインは明らかにいらだった声で叫び返した。ジョーはほっとして笑いだしたいほどだった。たとえ機嫌が悪くても、キャロラインは無事だ。

　しかしほっとしたのもつかの間、計器を見ると、エンジンの温度が急激に上がりつつあるのがわかった。きっと銃弾でラジエーターをやられたのだろう。ここは砂漠の真ん中らしく、あたりには町の気配もなければ一軒家さえ見えない。唯一の明かりは片側のヘッドライトと星の光だ。じきにエンジンは止まってしまうだろう。それでもジョーは銃を持った男からできるだけ遠ざかるつもりだった。

　計器の目盛りが限界点に達したが、ジョーはアクセルを踏み続けた。

　エンジンががりがりという耳ざわりな音をたてて止まった。キャロラインがさっと身を起こし、車がのろのろと止まった。「どうしたの？」

「銃弾でラジエーターをやられたんだ。モーターは死んだよ。さあ、車を降りよう」

キャロラインはおとなしく従い、引き戸式のドアを開けてよろよろと冷たい夜気の中に踏み出した。

「こっちだ」ジョーが命令し、彼女は痛む体にむち打って車のまわりをまわった。

「で、どうするの？」

「歩く。靴は大丈夫だろうね」

キャロラインは肩をすくめた。彼女はローファーをはいていた。ブーツほど頑丈ではないが、サンダルよりはましだ。まさかこんな冒険旅行をするはめになるとは思いもしなかったけれど、それがなんだろう？　たとえ裸足《はだし》でも歩くしかない。

「どの方角に？」

「来た方角だ」

「あの人がいるわよ」

「ああ。でも僕らは自分がどこにいるのかもわからないし、この先どこにガソリンスタンドがあるのかもわからない。来た道を戻れば、少なくとも基地には近づける」

理にかなってはいるけれど、でも……。「もし来た道を戻るつもりなら、どうして最初からそちらに走らなかったの？」

「そうしたら僕らがどの方向に向かっているかをあの男に知られてしまうからだ。あいつはたぶんヴァンを見つけるだろう。だが僕らが先に進んだのか引き返したのかはわからない」

「でも明らかにどこかで彼とすれ違うことになるのよ」

「それは大いにありうるが、確実じゃない。あいつは僕らをつかまえるより逃げようと思うかもしれないからね。しかし僕らには知りようがないから、追ってくると仮定するしかないよ」

キャロラインは重い足を引きずりながら無言でジョーと一緒に歩きだした。道路を歩くのは目立ちすぎるので、敵に簡単に見つからない程度に道路から離れ、しかも道を見失わない程度の近さを保って道路と平行に歩くしかなかった。キャロラインは体のあちこちが痛んで、いちいち気にするのがばからしいほどだった。歩かなければならない、だから歩く。それだけのことだ。

「時計は持ってる？」キャロラインはきいた。「今何時かしら？　まだ夜が明けていないから、そんなに遠くまで来てはいないわね」

ジョーは手首を傾けて時計を見た。「四時半だ。もうすぐ夜が明ける。もしあいつらが、基地が閉鎖される前に僕らをヴァンにほうり込んですぐに出発したとしたら、少なくとも一時間は走ったことになる。ここから基地までは五十キロから百キロぐらいかな」

百キロも歩くと思うと気が重いが、それでもあの男とまたでくわすよりはましだ。「あの人たちには仲間がいるわ」キャロラインは大声で言った。「たぶん近くに。あのふたりは私たちを仲間に引き渡すつもりだったのかもしれないわ。夜が明けても、だれかを呼び止めたりしないほうがいいわね。ほかの仲間がだれで、どんな顔をしているのかわからないんだから」

「確かにね」ジョーはむっつり言った。

「つまり私たちは百キロ歩き続けなければならないってことよ」

「パトカーでも通らない限りはね。だが少なくとも夜が明ければだいたいの位置はつかめるだろう」

どうせ近くには何もない。キャロラインはしゃべるのをやめた。ひとつには、砂漠では物音が遠くまで伝わるので、だれかに聞かれたくなかったからだが、それよりも歩くだけで精いっぱいで話をする気力などなかったからだ。気絶していた間をのぞけば前夜から一睡もしていないし、気絶していた間に休息が取れたとも思えない。身も心も疲れきって、頭がずきずきうずく。むろんジョーの頭も痛むはずだが、彼は一度なぐられただけだ。キャロラインのほうはまず最初に窓からころげ落ち、次にたぶんピストルで頭をなぐられ、それからあの男にげんこつでなぐられた上、ジョーに押し倒されたときに車の壁に頭をぶつけた。いまだに正気でいるのが不思議なくらいだ。体中の筋肉が痛み、しかもあざの多くはジョーのせいでついたものだ。あのとき蹴り返してやったのはよかったけれど、ついでにかみついてやればよかった。ジョーもせいぜい頭痛に苦しめばいい。

二度ほど、ジョーが物音に気づき、彼女を地面に伏せさせた。キャロラインには何も見えなかったが、視力はジョーのほうがいい。だから見張りは彼に任せて、その間に休息を取ることにした。何も危険はないと判断すると、ジョーは無情に彼女の肘をつかんで立ち上がらせた。キャロラインはまた歩きだした。

左手の空が真珠のような色に明るみはじめ、ふたりは基地の北側の砂漠に連れてこられて、今は南に向かっているのだということがわかった。道路を見失う可能性もあるので、それは知っていていい情報だとキャロラインは思った。

「もうあまり長くは歩けないな」彼女の耳元でジョーが言った。「道路を通る人間に見られてしまうし、いずれにせよ歩くには暑すぎる。隠れる場所を探して日が沈むまで休んだほうがいいよ」

キャロラインはその考えに乗り気でなかった。昼間は隠れて休息をとり、夜だけ歩いたほうが安全は安全だが、基地に着くまでに長い時間がかかる。それほど疲れていなければ反論しただろう。しかし実際、もう一歩も歩けそうもないと思いはじめていたところだったし、夜の間のできごとで自分がどれほど消耗していたか、突然気づいた。休むしかない。

ジョーは急に進路を変えて道路から離れ、砂漠の奥へと進みはじめた。光はしだいに灰色に変わり、細かな景色が見えるようになったが、まだ色はわからない。はるか遠くの地面に突き出した大きな岩を見て、キャロラインはとまどった。明らかにジョーはそこへ向かっているようだが、そこまで行き着ける自信がなかった。キャロラインは反論したい気持を歯を食いしばってこらえた。あそこに行くか、炎天下で眠るかのどちらかだ。キャロラインは喉も渇いていたが、ふたりとも水など持っていないので、口に出しても仕方がない。きっとジョーも喉が渇いているはずだ。

とうとう岩までたどり着くと、キャロラインは大きな丸石のひとつにほっともたれかかった。「で、どうするの？」彼女はあえぎながら言った。

「ここにいろ」

ジョーはすでに岩の間に消えていた。キャロラインは「いいわ」とつぶやき、どっと地面に腰をついた。こめかみがずきずきする。彼女は目をつむり、うしろの岩に頭をもたせかけた。

たった今目をつむったと思ったら、もうジョーの声が聞こえた。「おいで」

ジョーは無情にキャロラインを立ち上がらせた。ジョーに手を引かれて岩の間を登っていくと、日陰に出た。そのとき初めて、砂漠の気温が急速に上がっていたことに気づいた。ジョーは人間ふたりが炎天下から身を守れるだけ深い岩のくぼみを見つけていた。彼はその天然の隠れ家にキャロラインを座らせた。

「蛇がいないことは確かめたよ」ジョーは木の棒を渡しながら言った。「でももし出てきたら、これで追い払うといい。僕は足跡を消して飲み物を探してくる」

キャロラインは上の空で棒を受け取った。普通なら蛇と聞けばもちろん警戒するし、落ち着かなくなるところだが、今はもっと大事なことがある。たとえば眠ることだ。彼女はいちばん痛みの少ない体の右側を下にして横になり、すぐさま眠り込んだ。

　キャロラインを見下ろしながら、ジョーは顎をこわばらせた。彼女の顔の左側と左腕はあざやすり傷でおおわれ、こめかみにはこぶができているのがはっきりわかる。疲れと痛みのせいで顔には血の気がなく、服は汚れてところどころ裂けている。いつもこざっぱりと装っているあのキャロラインが薄汚れた格好で足元の土の上に横たわっていると思うと、ジョーは無性に腹が立った。カル・ギルクリストはたぶん死んだはずだが、もうひとりの男も殺してやりたかった。キャロラインをこんな目にあわせたのだ。そして彼女を守るために大したことをしなかった自分にも腹が立った。

　足元に身を丸めて横たわっているキャロラインはやけに小さく弱々しく見える。でも彼女は決して弱くはない。ギルクリストに警告しようとしてやみくもにさるぐつわをはずそうとしていたキャロラインの姿をジョーは思い出した。あのおかげでふたりの男が争いはじめ、ジョーとキャロラインに逃げるチャンスができたのだ。彼女がこれ以上苦しまずにすむかどうかは今やジョーしだいだ。

　ジョー自身も座り込みたい気分だったが、それでもふたりが歩いてきた道をかなり遠くまでたどり、足跡をきれいに消しながら岩に戻った。筋肉の疲れは無視した。とにかく水が必要だ。まだそれほど切迫してはいないが、水分を補給できればそれだけ体力も保てるだろう。キャロラインが脱水状態にでもなればあえて車を止めることも考えるが、まだそこまでは行っていないし、不必要な危険は冒したくない。持ち前の鋭い視力で、砂漠のところどころにひからびたような植物が点々と生えているのに気づいたジョーは、その植生パターンを見極め、まわりの植物よりもややみずみずしく見える草を選んだ。おそらくその下の土はほかの場所より水分が多いはずだ。なんとかなりそうだ。

　ジョーは岩のくぼみに戻った。キャロラインは先刻と同じ姿勢のままぐっすり眠り込み、規則的にゆっくりと深い息をついていた。突然、彼女を最後に抱いたのが、彼女が信頼しきって彼の腕に身をあずけてきたあの瞬間が大昔のことのように思え、もう一刻も待てない気分になった。ジョーはキャロラインの隣に横たわり、両腕で彼女を抱き寄せて肩で彼女の頭を受け止めた。キャロラインがため息をもらし、柔らかな息がジョーの皮膚をかすめた。

　困った女だ。ギルクリストがあやしいと思ったのなら、どうして僕に電話しなかったんだ？　オフィスで彼を見たとき、明らかにキャロラインは驚いてはいなかった。実際、初めから彼を見つけるつもりでいたようだった。キャロラインは僕にもホッジにも知らせず、自ら危険に飛び込んでいった。あのとき電話していたら、こんなことはすべて防げたはずなのに。

　キャロラインが目を覚ましたら、まず最初にそれをはっきりさせよう。どうして僕を信頼してくれなかったんだ？　キャロラインがやみくもに危険な状況に飛び込んでいくのを防ぐために、彼女が僕から離れるたびにベッドに縛りつけておかなければならないとしたら、僕は喜んでそうするだろう。キャロラインが破壊行為の犯人と対決するためにオフィスに飛び込んでいくのを見たときの、あのどす黒い恐怖は今でも忘れられない。彼女の肩をつかんで、歯ががちがちいうまで揺さぶってやりたい。

　しかしその代わり、ジョーは彼女を抱きしめ、金色の髪をそっと顔からかき上げた。キャロラインの心臓の鼓動が胸に伝わってきた。今欲しいのはそれだけだ。ジョーもそのまま目をつぶり、潮のように押し寄せてくる疲労に身を任せて、キャロラインと同じように、あっという間に眠り込んだ。

13

キャロラインが目を覚ましたのは暑さのせいだった。よく眠ったらしく、頭痛もかなり治まって、以前より鈍い軽い痛みになっていた。彼女はゆっくり身を起こし、目の前に広がる熱気に包まれた風景をながめた。すべてがかげろうのように揺らいでいる。さまざまな濃淡の赤、黄色、茶色、砂色。ところどころに見える緑の点は植物らしい。美しい単純な風景。たぶんカルはあのどこかに死んでいるのだろう。彼が何をしたにせよ、あるいは何をしようとしたにせよ、キャロラインは彼の死を悼まずにいられなかった。カルはジョーとキャロラインを殺したがらなかった。殺すことに反対した。かわいそうなカル。

彼は裏切り者ではあっても殺人者ではなかった。彼のしてきたことが簡単にだれかの死につながりかねなかったとしてもだ。哀れなカル。でももしジョーがカルのせいで死んだとしたら、キャロラインは自分の手でカルを殺していただろう。

汗が目に入り、キャロラインはシャツの袖《そで》で顔をぬぐった。岩の屋根がなければ、この暑さにはとても耐えられないだろう。手を伸ばして岩に触ると、ひんやりした感触があった。でも日のあたる場所では目玉焼きができそうだ。

ジョーの姿は見えなかったが、キャロラインは不安を覚えなかった。彼が隣に横たわっていたのはぼんやり覚えているし、土の上にその跡が残っている。たぶんジョーが起き上がったときにキャロラインも眠りから覚め、暑さに気づいたのだろう。

自分がひどく汚らしい気がして体を見下ろすと、確かに汚かった。こんなに汚れたのは久しぶり……というより、考えてみればこんなに汚れたことは一度もなかった。キャロラインは気難しい子供で、どろんこ遊びよりコンピュータや本で遊ぶほうが好きだった。

キャロラインはぎくしゃくと立ち上がり、体のあちこちが痛むのを感じて顔をしかめた。しかし痛かろうがそうでなかろうが、自然の要求には逆らえない。

彼女が岩のくぼみに戻ってみると、ジョーが憎らしいほどきりっとした顔で岩にもたれて立っていた。目は刺し貫くほど鋭く、服はキャロラインの服に劣らず汚れてはいるけれど、その汚れがふさわしく見える。ジーンズとカーキ色のシャツは、薄手の白いコットンのパンツとぶかぶかしたTシャツよりはるかに実用的だ。はきつぶしたブーツでさえ、キャロラインのローファーにくらべれば砂漠には向いている。ローファーの場合は細かな土が入らないように注意して歩かないと、足が土にこすれてすぐにひりひりしてくる。

目だけを避けてジョーの全身をさっとながめまわしたあと、キャロラインは彼の横を通り過ぎて再び岩の陰に腰を下ろした。

ジョーは歯をかみしめた。やっといつもの自制心を取り戻したと思ったのに、急にまたふりだしに戻って今にも爆発しそうな気がしてきた。あくまでも彼を無視しようとするキャロラインの態度に我慢がならなかった。

ジョーはいかめしい顔で呼吸を整え、手の力を抜いて顎をゆるめようとした。キャロラインはまだ前夜の痛手から立ち直っていない。たとえ自分を抑えられる自信があっても、今この場で対決を迫るべきではないし、今はそんな自信はない。あとにしよう。あとでとことんやってやろう。ジョーはそう心に誓った。

「君も僕も何か飲む必要がある」やがてジョーは言った。「行こう」

いつもの議論好きな性格などおくびにも出さず、キャロラインはすんなり立ち上がった。つまりそれだけ喉が渇いているということだ。

ふたりは大して歩かなかった。ジョーはすでにそのあたりを歩きまわり、小さな枯れ谷の中のやぶが生い茂った場所に目星をつけていた。彼は谷の底の砂地に膝をつき、両手で砂を掘りはじめた。砂はすぐに湿ってきた。ジョーがブーツからナイフを引き抜いてさらに掘り進めると、やがて穴の中に泥水がたまりだした。

ジョーのさるぐつわはハンカチだったが、それが今になって役に立った。彼は四角い布を穴の上に広げて水をこし、身ぶりでキャロラインを促した。

「飲めよ」

そんなふうにぶっきらぼうに言われても、キャロラインは腹を立てなかった。ジョーは水を手に入れてくれた。大事なのはそれだけだ。彼女はその不衛生な状態にも、犬のように四つんばいになって飲まなければならない屈辱にも、不平をこぼさなかった。水は水だ。必要とあれば、逆立ちしてでも飲むだろう。口と喉の粘膜が生ぬるい湿り気を吸収していく感触はすばらしかった。

　それでもキャロラインは喉の渇きがいやされる前に飲むのをやめ、穴から退いてジョーを促した。

「あなたの番よ」水がどれぐらいあるのかはわからない。もしかしたらひとりが二、三口飲める程度しかないかもしれない。

　ジョーは砂の上にべたっと腹ばいになって飲んだ。あのほうがずっと快適そうだ、なぜ思いつかなかったのだろう、とキャロラインは思った。でもそもそも水たまりから水を飲んだことなど今まで一度もなかったのだ。でもこの次はそうしよう。ジョーのうつ伏せの体をぼんやりながめながら、キャロラインは考えた。大柄な分だけ、血の量も彼のほうが多いはずだ。だからたぶん水分ももっと必要だろう。生物学には詳しくないけれど、少なくともジョーのほうが私より一デシリットルぐらい血の量が多いのは確かな気がする。あるいは二デシリットルぐらい。今度調べてみるのも面白いかもしれない……。

　キャロラインははっとまばたきした。ジョーはすでに立ち上がり、彼女に向かって何かきいたらしく、答えを待ち受けている様子だった。

「もっと飲みたいのか、飲みたくないのか？」彼はいらいらと繰り返した。

「ああ。ええ、ありがとう」今度はキャロラインもジョーのように腹ばいになって飲んだ。そのほうが小さな水たまりに口を近づけやすい。もうたくさんだと思いはじめるまで貪欲《どんよく》に飲んだあとで、彼女はきいた。「あなたはもういいの？　それとももっと飲む？」

「僕はもう十分飲んだよ」ジョーは言った。

　キャロラインはハンカチにできるだけたくさん水を含ませ、すり傷に水がしみるたびに顔をしかめながら顔と手を恐る恐る洗った。終わると、彼女はハンカチをジョーに差し出した。彼は湿った布で顔と手と首のまわりをぬぐった。湿り気のせいで肌がひんやりする。その感触がたまらなかった。

「日が沈むまで岩のところで待とう」ジョーが言った。キャロラインはうなずき、何も言わずに岩のほうへ歩きだした。

　これじゃまるで偶然一緒に立ち往生した赤の他人みたいじゃないか、とジョーは思った。いや、それより悪い。赤の他人でももっと話をするだろう。キャロラインはこれまで一度も僕の目を見ていない。彼女の視線はまるで道ですれ違った人間でも見るように僕の顔をするりとよぎるだけだ。キャロラインのあとを歩きながら、ジョーは拳《こぶし》を固く握りしめた。もう我慢できない。はっきりさせてやろう。

　ジョーが岩のくぼみに着いたとき、キャロラインは地面に腰を下ろし、立てた膝にだらりと腕を巻きつけて座っていた。ジョーはわざとそのそばを歩いてブーツで彼女の足をこづいた。そうすればいやでも立ち上がって彼を見るか、顔を上げるくらいはするだろう。しかしキャロラインは座り続けた。

「ゆうべはなぜ僕に電話しないで、ひとりでギルクリストに向かっていったんだ？」ジョーはひどく静かな声できいた。よほど鋭い耳でない限り、その言葉の裏にある無言の怒りは聞き取れなかっただろう。

　キャロラインはそれを聞き取ったが、大して気にもせずに肩をすくめた。「思いつかなかったわ。思いついてもしなかったはずよ。なぜあなたに電話するの？」

「僕に任せるために。そうすれば君は危うく殺されかけることもなかったはずだ」

「あなたもね。あなたはどうして巻き込まれたの？」

「君をつけていたんだよ」

「そう」キャロラインは冷ややかな笑みを向けた。「私を現行犯でつかまえるつもりだったのね？　つかまったのが別の人だったなんて驚きでしょう」

「君はあそこに行く前からそれを知っていたんだろう。キャロライン、君みたいに頭のいい人があんなばかなことをするなんてどうかしてるよ。彼をあやしいと思ったときに僕に電話すべきだったんだ」

「そうよね。でも無駄な努力じゃない？」キャロラインはあざけった。「あなたが私を信じていないことはもうわかっていたわ。あなたに電話するくらいならエイドリアン・ペンドリーにしたはずよ。私を心底憎んでいる人だけど」

ジョーは歯のすき間からかすかに息を吐きながら身をかがめ、キャロラインの腕をつかんで乱暴に立ち上がらせた。「もし今度助けが必要になったら」彼はひと言ひと言くぎりながら絞り出すように言った。「僕に電話しろ。僕の女がほかの男に助けを求めるのは許さない」

キャロラインはぐいと身を引いて彼の手を振りほどこうとしたが、彼の指はますます腕に食い込んだ。「面白いわね」彼女は毒づいた。「そういう女性を見つけたらそう言えばいいわ。でも私は興味がないの」

ジョーの目の前を赤い霧がよぎった。「それ以上言うな」気がつくと彼はしゃがれた声で言っていた。「君は僕のものだ。認めろよ」

キャロラインは青緑色の目に怒りをたぎらせて再び身を引いた。私の無実がわかったからって、また以前の関係を続けようとするつもりなら、そうはいかないわ。キャロラインは彼に向かって叫びたかったが、代わりにただ痛烈な言葉でやり返した。「一度だけベッドで熱い週末を過ごしたからって、私があなたのものになるとは限らないわ。私もばかよね。あなたが真剣じゃないことは最初からわかってたわ。でも私が自分の国を裏切れると思うくらいなら、あなたは私のことなんてなんとも思っていないのよ。確かにいい経験にはなったけど……」

「黙れ」ジョーは喉の奥から絞り出すような声で言った。

「私に命令しないで」キャロラインはどなり返した。「今度だれかとベッドをともにするときは、私も気をつける……」

「君がベッドをともにするのは僕だけだ」ジョーはキャロラインを揺さぶり、その勢いで彼女の首が前後にがくがく揺れた。ジョーは彼女が別の男に抱かれると思っただけでたまらなかった。わずかに残っていた自制心は崩れ去り、怒りが赤く熱した溶岩のように噴き出てきた。この女は僕のものだ。絶対に放しはしない。

なぜかジョーの口はキャロラインの唇をおおい、手は彼女のうなじの髪をつかんで押さえつけていた。だれのものかわからないが、血の味がした。しかしその金属的な味が、この女に自分の烙印《らくいん》を押したい、自分の肌を焼きつけて二度と離れられないようにしてやりたいという原始的な衝動をかき立てた。皮膚が燃えるようにほてってぴんと張りつめ、その下で脈打っている血の勢いに今にも破裂しそうな気がした。欲望に硬くこわばった男性がジーンズを押し返していた。

キャロラインの柔らかな体に体を重ねたいというやみくもな衝動に駆られて、ジョーは彼女を地面に押し倒した。乱暴に彼女のパンツを引きはがし、同じように乱暴に下着を引き裂いた。

キャロラインは魅入られたようにジョーの顔を見

つめながら、じっと横たわっていた。それまでジョーの落ち着き払った態度を腹立たしく思っていたのだが、それがいきなり崩れ去ってみると、強烈な感情をむき出しにした彼の表情は恐ろしいほどだった。しかし本当に怖くはなかった。心の底の本能的な部分で、ジョーが自分を傷つけることはないと信じていたからだ。服を引きはがす間、ジョーの目は野蛮な光を放ち、手の力にはまるで抑制がきいていなかった。その野蛮さに促されて、キャロラインの激しい気性が燃え上がった。

気がつくと、キャロラインは荒々しい叫びをあげていた。やがて彼女の手がジョーの黒い髪をつかんで引き寄せた。

ジョーは乱暴にジーンズの前を開き、うなり声をあげながら欲望のかたまりを解放した。彼が激しい衝動のままに押し入っていくと、その衝撃にキャロラインが再び叫びをあげた。やがて彼女の脚がジョーの腰に巻きついて抱き寄せ、なめらかな熱い闇《やみ》が彼を包み込み、受け入れ、愛撫《あいぶ》し、請い求めた。あまりの快感に、ジョーは今にも頭蓋骨《ずがいこつ》が爆発しそうな気がした。

ふたつの体を二度と離れないように溶け合わせようと、ジョーは半狂乱になって突き続け、硬い地面にキャロラインの体をぐいぐい押しつけた。これほど野蛮な気持になったのは、これほど徹底して攻撃的な原始的な気分になったのは初めてだった。まったく抑えがきかず、この世の何をおいても雌を得ようとする雄の動物そのものになっていた。

キャロラインは腰を持ち上げて彼の激しさに応じた。すでにすさまじい嵐《あらし》の中に吸い込まれ、その興奮を愛し、味わい、抱擁し、さらに求めた。体の奥底から激しい快感が突き上げてきた。彼女はジョーの髪をつかみ、彼の筋肉質の腿にかかとを食い込ませ、ほっそりした体を弓のように勢いよくそり返らせた。規則的な快感の波が雷鳴のように全身を駆け抜けるのを感じて、叫び声をあげながらその波に身を任せた。

　キャロラインの高まりに促されてジョーも絶頂に達した。張りつめた欲望がほとばしり出る寸前のえもいわれぬ快感に我を忘れ、ぶるぶるけいれんしながらすべてを吐き出した。体が空っぽになっても、放出はますます激しく深く延々と続いた。それほど長く続いたのは初めてだった。終わったときには意識がもうろうとして動くこともできなかった。キャロラインの上からころがり下りる力もなければ、両腕で体重を支える力もなかった。もうこのまま動きたくない、死ぬまでこうして抱き合って横たわっていたいと思いながら、ジョーはキャロラインの上にどっと倒れ込んだ。

　そう、僕には死ぬまで彼女が必要なのだ。今までは女を愛するよりもずっと熱心に飛ぶことを愛してきたし、いったん操縦席に座れば女のことなど忘れてしまえた。それなのに、キャロラインの場合は最初から頭にこびりついて離れなかった。彼女は決して、ともに暮らしやすい妻にはならないだろう。だが快適で穏やかな生活を求めるのなら、そもそも戦闘機のパイロットなどにはならなかったはずだ。これまでに乗ってきたどんな戦闘機も、ベイビーでさえも、キャロラインのように油断のならないものではなかった。キャロラインは僕を喜ばせると同時に挑みかかってくる。僕の性の衝動に同じような激しさで応じてくる。ジョーは戦士だが、キャロラインもそれに劣らず勇猛で、頭がいい以上に度胸がいい。それはすごいことだ。大昔なら、キャロラインは自ら剣を持って、僕とともに戦っていただろう。僕のヴァルキュリヤ。彼女の勇気には頭が下がる。

「君を愛してる」ジョーは言った。口に出すまでその言葉を意識してはいなかったが、口に出したあとも驚きはしなかった。彼は力を振り絞ってなんとか地面に肘をつき、荒々しくぎらついた目を細めてキャロラインを見下ろした。「君は僕のものだ。それは忘れないでくれ」

キャロラインの目がぱっと燃え上がった。瞳孔《どうこう》が広がって黒い大きな丸になり、鮮やかな色の虹彩《こうさい》をほとんどのみ込んでしまった。「今、なんて言ったの？」彼女はきいた。

ジョーは腰を押しつけ、いまだに硬くふくらんでいる男性をいっそう深く押し込んだ。まだ興奮しているなんて信じられない。死にそうなほど疲れきっているのに、欲望は健在だ。「君を愛してると言ったんだ。君は僕のものだ、キャロライン・エヴァンス。永遠に。死がふたりを分かつまで」

「病むときも、すこやかなときも」キャロラインは続けた。突然、涙があふれ出してこめかみを流れ落ちた。

ジョーが彼女の頭を抱き寄せ、舌で涙を受け止め、彼女の顔にそっと顔をこすりつけた。彼も胸が詰まっていた。まさかこの小さな勇敢な戦士が涙を見せるとは思いもしなかったのだ。それを実際に目にして、いたたまれない気分だった。

「なぜ泣くんだ？」ジョーはつぶやき、キャロラインの顔と首に小さなキスを浴びせた。「君を傷つけたのか？」

「もう少しで死ぬところだったわ」キャロラインは応じた。「あなたに信じてもらえなかったときは」そして拳を振り上げ、ジョーの頭の横をなぐりつけた。そこしか手が届かなかったからだ。距離が近すぎるし姿勢も姿勢なので思ったほど力は入らなかったが、それでもジョーがうなったのはうれしかった。「もう二度とあんな思いはさせないで」

ジョーはさっと首を引き、彼女をにらみつけた。

「どうしてなぐるんだ？」

「仕返しよ」キャロラインは言い、またこぼれそうになる涙をまばたきで抑えた。

　ジョーの口がゆがみ、目元がゆるんだ。「ごめん」彼はささやき、キャロラインの唇の両側に一度ずつそっとキスをした。「本当にごめん。僕はばかで頑固なろくでなしだったよ。君が僕を裏切ったかもしれないと思っただけで逆上してしまって、冷静に考えられなかったんだ。ゆうべ君に会いに行こうとしたら、宿舎で監視されているはずの君が基地の真ん中を我が物顔で歩いてくるのを見て」ジョーはさっと眉根を寄せ、少し顔を引いてキャロラインをにらみつけた。「どうやって出てきたんだ?」

「寝室の窓のガラス板をはずしてはい出したのよ」

ジョーはびっくりした。「出られるわけがないよ。あの窓は小さすぎる」

「まあね。おかげであちこちすりむいて、落ちたときに肩を痛めたわ。頭から出なければならなかったから。でも不可能じゃないわ」キャロラインは賢明につけ足した。「あなたなら頭から足の爪先まで油を塗っても抜け出せないと思うけど」

「それに基地にいるどの男もね」

「でも時代は変わったわ」キャロラインは指摘した。「憲兵隊は今や女性も空軍の一員だということに気づくべきよ。戦闘機に乗って戦闘に加わる女性だっているんだから、彼らも考えを改めないと」

　自分の脱出を許した憲兵隊のミスを指摘するのはいかにもキャロラインらしい。あとでホッジによく言っておこう。キャロラインがその前に言わなければの話だが。

　キャロラインは猫のように繊細なあくびをした。海の色の目は眠たげだ。それでもジョーはふたつの体を引き離したくなかった。しかしキャロラインは硬い地面の上に裸で横たわっている。ジョーは片腕で彼女の腰をかかえて寝返りを打ち、彼女の下になった。キャロラインは猫が喉を鳴らすように満足げな声をもらし、ジョーの首と肩のつなぎ目のくぼみに頭を落とした。

ジョーはキャロラインの細い背中をのんびりとなでていたが、やがてふいにその手をこわばらせ、彼女を胸から押し上げて真剣な目で見つめた。「君はどうなんだ？」彼は鋭い声できいた。「僕を愛しているのか、キャロライン？　答えろ」

「はい、大佐」彼の命令口調に答えて、キャロラインはつぶやいた。たぶんジョーはそういう言い方しかできないのだろう。「愛しています、大佐。でもばかよね？　あなたがあくまでも感情を抑えてセックス以上のものを与えようとしないのに、そんな人を愛してしまうなんて」

ジョーの頬骨の皮膚がこわばり、彫りの深い骨格がますますあらわになった。彼はうろたえ、胃がむかつくのを感じた。愛も情熱も目方を量って与えるような自分の剛直な自制心をキャロラインが決して受け入れないことを突然察したからだ。彼女はすべてを欲している。今やジョーの足元には深い穴がぽっかり口をあけていた。いったんその縁を越えれば彼の人生は一変するが、その一歩を踏み出さなければキャロラインを失うことになる。ジョーにはそれがよくわかっていたし、それを考えただけで胸にハンマーの一撃を食らったような気がした。キャロラインを失ったら、生きてはいけないだろう。彼の鋭い原始的な直感がはっきりとそれを告げている。キャロラインは僕の伴侶《はんりょ》。ほかに欲しい女はいない。

唇には感覚がなくなっていたが、ジョーはなんとか声を出した。「僕は……自分を抑える必要があるんだ」

キャロラインの手がそっと彼の髪をすき、その柔らかな指先が頬を伝って唇に触れた。「気づいていたわ」彼女はかすかに皮肉な声で言った。

キャロラインはジョーの上に横たわり、ほんのささいな表情の変化も見逃しようがないほど顔を近づけている。そんな状態で説明するのは容易ではない。ジョーはキャロラインの体を持ち上げて地面に下ろしたが、彼女と離れたとたんに自分の体から何かが欠けてしまったような気がした。キャロラインは急に体勢を変えられてとまどい、思わず心もとなげに両腕で胸をおおった。いかにも女らしいその仕草を見て、ジョーは再び彼女を抱きすくめ、なめらかな肌の感触を味わいながら勇気を奮い起こした。彼はキャロラインの背中の汚れを払い、自分のシャツを脱いではおらせた。キャロラインの服は汚れてくしゃくしゃになっていた。

ジョーは素早く熱烈にキスをしてから、そわそわと立ち上がった。そしてキャロラインに背を向けて立ち、荒涼とした美しい砂漠を見つめた。

「おやじは僕が六歳のときに刑務所に入れられたんだ」彼はしゃがれて野性的な声で言った。「無実の罪でね。本当の犯人はあとから別の容疑でつかまって、何もかも白状した。でもおやじは二年間も刑務所にいて、その間僕はあちこちに里子に出された」

ジョーの背後ではなんの物音もしなかったが、キャロラインがじっと聞いているのはわかった。

「最初にあずかってくれた家の男が僕を嫌ったのは、たぶん僕に原因があったのかもしれない。僕が混血だったからかもしれない。その家にはほかにも里子がいたが、僕だけが嫌われた。僕はまだほんのがきで、子供がよくやるように、ものを壊したり、ほかの子供と遊んでいてかんしゃくを起こしたりした。同じ年ごろの子供より体も大きくて腕力も強かったけれど、手加減というものを知らなかった。ほかの子供がおやじのことを汚らわしい混血の囚人とかなんとか言おうものなら、僕は飛びかかっていってとことんたたきのめした。まったく、短気もいいところだったよ」

彼はちょっと言葉を切った。

「そしてその男は、僕が何かするたびに僕をなぐった。自分が床に置いておいた灰皿に僕がつまずいて倒したときでさえね。最初はベルトを使っていたけど、そのうちすぐにげんこつを使いはじめた。僕は抵抗して、ますますなぐられた。男は僕の顔にあざがついている間は学校に行かせなかったから、僕は頻繁に学校を休むようになった」

記憶をたどるにつれて、ますますジョーの口は重くなった。最悪の話はまだこれからだ。彼は自分にむち打って続けた。

「一度など、階段から蹴《け》り落とされてあばら骨を二本折った。それでも僕は刃向かい続けた。こういうのを限度を知らないって言うんだろうけど、とにかく僕のかんしゃくは爆薬みたいに突然爆発して抑えようがなかったんだ。そのうち男は、僕が口答えすると、まだ泣かないかとばかりたばこの火を押しつけたり指をねじ曲げたりするようになった」

ジョーは静かに続けた。

「悪夢だったよ。でも僕はその夢から抜け出せなかった。だれも僕のことなど気にかけていないように見えた。僕はのら犬ほどの価値もないただの混血児だった。そしてある日、男に平手打ちを食わされて、僕はかっとなって暴れだした。テレビを蹴とばし、そのへんにあるものをみんな壁に投げつけ、キッチンに行って皿を壊しはじめた。男はすぐあとから追ってきて、げんこつで僕の顔をなぐり、あばら骨を足で蹴りつけた。もちろん僕が負けたよ。いくら体が大きくても、何しろまだ六歳だ。男は僕を地下室に引きずっていって、裸にして、いやというほどたたきのめした」

今やジョーの心臓は三十年近く前のその日と同じように音をたてて打っていた。今までだれにも言わなかったことだが、言わなければいけない。

「そして僕を強姦《ごうかん》したんだ」

うしろでキャロラインが素早く動く気配がして、立ち上がったのか、風が起こった。ジョーは背を向け続けた。

「今思えば、あの男も自分がそんなことをしたことにショックを受けたんだろう。それ以来僕には指一本触れなかった。そして僕は二度とかんしゃくを起こさなかった」ジョーは淡々と言った。「男が福祉事務所に電話したのか、あるいは彼の妻がしたのか、僕は二週間後にその家から引き取られた。それまで二週間、僕は地下室でひとりきりで過ごした。ひと言も口をきかなかった。ほかの里親はいい人たちに見えたけど、僕は二度と危険は冒さなかった。言われたとおりのことをして、かんしゃくを起こしたり感情的になったりせず、話もしなかった。そしてある日、八歳のとき、おやじが現れた。刑務所を出て僕の居場所を突き止めたんだ。正式に僕を引き取る許可をもらったのか、それともだれもいけないと言う勇気がなかったのかわからないが、おやじは僕を抱き上げて痛いほど抱きしめた。あんないい痛さはなかったよ。僕はもう安全だった」

「お父様には話したの？」初めてキャロラインが口を開いた。その荒々しい声音に、ジョーはちょっと驚いた。

「いや。人に話したのはこれが初めてだよ。君がおやじを知っていたら、理由は察しがつくはずだ。きっとおやじはあの男を見つけ出して素手で殺していただろう。僕は二度とおやじを失うわけにはいかなかった」

ジョーは哀れみの目を覚悟しながら思いきって振り向いた。しかしキャロラインの表情は哀れみとはほど遠かった。彼女は拳を握りしめ、怒りに顔をゆがませて立っていた。もしあの男が今そこに立っていたら、キャロライン・エヴァンスが彼を殺したかもしれない。彼女はコマンチ族の戦士ではないけれど、気性は彼らに劣らず勇猛でけんかっ早く、海の色の目はぎらぎらと燃え立っている。ジョーは驚いて笑いだした。

「笑わないで。笑いごとじゃないわ！」キャロラインはどなった。「その男を殺してやる……」

「殺すまでもないよ、ダーリン」ジョーはなだめながら優しく彼女を抱き寄せようとしたが、身をかわされ、乱暴に腕を巻きつけた。「もう死んでるよ。福祉事務所の人が僕を引き取りに来て二年後に死んだそうだ。僕は士官学校を卒業したあとで調べてみたんだ。ただ知りたくてね。いや、正直言って、あのとき彼が生きていたら、僕は何をしていたかわからないよ」

ジョーはキャロラインの顔から髪をかき上げ、キスをした。

「僕はかなり手に負えない子供だったかもしれない。しかしあの男は僕に一生の痛手は負わせなかった。いつも感情を抑えていたがる癖をのぞけばね。それに僕は性の面でもゆがみはしなかった。セックスに関する限り、たぶんおやじと一緒にいるのがいちばんの治療だったんだ。おやじは性に関してあけっぴろげで、それを単なる自然の一部として考えていた。それにうちには馬牧場があった。牧場では子供はあっという間に知恵をつける。僕はおやじのところに戻って半年後には立ち直っていた。あそこには絶対に裏切られることのない確固とした愛があったからだ」

「でもいまだに感情を押し殺すことにかけては偏執狂よ」キャロラインはこぼした。

ジョーは思わずまた笑った。「それをすべて過去のせいにするわけにはいかないよ。僕は戦闘機のパイロットだ。僕の命は自分をコントロールできるかどうかにかかってる。これは僕の性格でもあり、訓練の成果でもあるんだ」

キャロラインは汗に湿った彼の胸に顔をすり寄せた。「正当な理由があるとしても、私がそれを好きになるとは限らないわ」

「ああ、好きにはならないだろうね」ジョーはおかしそうに言った。「だから君は絶えず僕をけしかけて、自制心を失わせようとするんだ。でも、確かにそれは成功したよ。これで満足したか？」彼の声が太く真剣になった。「もう少しで君にけがをさせるところだった」

キャロラインはクリームをたらふくなめたあとの猫のような顔をした。「すごくいい気分だったわ」彼女は甘い声で言った。「それに怖くもなかったわ。あなたに愛されて傷つくなんてありえないもの。あなたが私を傷つけられるとしたら、私を愛さなくなるときだけよ」

ジョーの腕に力がこもった。「じゃ、一生心配ないよ」

彼は長い間そうしてキャロラインを抱いていた。心の奥で何かがほどけていくのがわかった。それまで固く結ばれていたことさえ知らなかった何かが。キャロラインは今ではジョーの防壁の中にいる。もう身構える必要はない。これほど敗北が心地よく感じられたことはなかった。何しろ負けることですばらしい賞品を手にしたのだから。

今、その賞品はあざだらけで裸も同然だが、それでもなお勇敢だ。ジョーはキャロラインのお尻をぽんとたたいて腕をほどいた。「服を着なさい。もうすぐ日が暮れる。基地に戻らないと」

14

あまりにもあっけない終わり方だった。前夜の恐怖はまだ生々しく記憶に残っていたが、ふたりは日が暮れてさほどたたないうちに道路のほうに歩きだした。そのとたん、一台の車がスポットライトを横に照らしながらゆっくりと近づいてくるのが見えた。キャロラインははっとあえぎ、地面に身を伏せようとしたが、ジョーが腕をつかんで止めた。鷹《たか》のように鋭い彼の目がキャロラインには見えないものを闇《やみ》の中に認めたのだ。それは車の上に一列に並んだライトだった。ジョーはキャロラインを文字どおり引きずるようにしてずんずん歩き、道路に出た。

車が止まった。スポットライトが揺らぎ、やがてジョーを照らした。

「僕はネリスのジョー・マッケンジー大佐だ」ジョーは言った。その太い声には有無を言わせぬ響きがあった。「できるだけすぐに基地に戻らなければならない」

州警察の警官がスポットライトを消して車から降りてきた。「お捜ししていたんですよ、大佐」警官はうやうやしい口調で言った。軍の人間であれだれであれ、たいていの人間がジョーを前にするとなぜかそういう態度をとる。「ご無事ですか？　けがはありませんか？　向こうでヴァンが一台……」

「そのヴァンのことは知っている。僕らが乗っていたものだ」ジョーはそっけなく言った。

「あなたを捜し出すために軍にできるだけ協力するようにとの州知事の命令で、今朝から州全体で捜索が始まりました」

ジョーはキャロラインに腕をまわし、パトカーの後部座席に促すと、自分は車のまわりをまわって前の座席に乗り込んだ。キャロラインは鋼鉄の金網越しに彼の後頭部を見つめる格好になった。

「ちょっと」キャロラインは怒って言った。

ジョーがちらりと振り返り、声をあげて笑いだした。「やっと君をコントロールする方法が見つかったよ」

「センサーの警報は立て続けに二回鳴りました」とホッジ大尉は言った。「すでに中にいることが記録されているミズ・エヴァンスが再び中に入ったときと、それからあなたが名札なしに入ったときです、大佐。二分後には最初の憲兵が現場に到着しましたが、建物にはだれもいませんでした。きっと犯人はあなたたちをすぐに引きずり出し、あたふたとミスター・ギルクリストのヴァンに乗せて逃げたのでしょう」

「ミズ・エヴァンスの宿舎を調べると、彼女はいませんでした。驚くべきことです。まさかあんな小さな窓から逃げ出せる人間がいるとは思いませんでした」大尉はちらりとキャロラインを見た。

「私はそれほど太身じゃないわ」

キャロラインの目つきを見てせき払いをしてから、大尉は続けた。「あなたにお知らせしようとしたんですが、大尉、あなたも見つかりませんでした。しかしあなたが基地を出たという記録はなく、ミズ・エヴァンスが逃げ出そうとした形跡もありませんでした。しかし警報が鳴った直後にミスター・ギルクリストの車が基地を出たという記録はありました」

「きっともうひとりの男は僕らと一緒に荷台に隠れていたんだろう」ジョーが言った。

「あれはだれなの？」キャロラインはきいた。「見たような顔だけど、知ってる人ではなかったわ」

ホッジはいつも手にしているクリップボードに目

を落とした。「名前はカール・メイブリーです。おそらくコントロール・ルームで見かけたのでしょう。彼はレーダー・チームの民間技師です」

「ギルクリストはどうして彼とかかわるようになったんだ？」ジョーがきいた。「それに彼らには共犯者がいる。そのことについては何かわかったか？」

彼らはジョーのオフィスに座っていた。ジョーもキャロラインもすでに医師の診断を受け、大したけがはないことがわかっていた。その間にキャロラインは汚れた服を脱がされ、善意の看護師に背中のあいたずん胴の寝間着を着せられそうになった。病院でよく見かけるあれだ。それを着るのはキャロラインのセンスが許さなかったが、外科医が着る緑色の手術着は気に入った。今、その手術着を着た彼女はなぜかひどくきりっとして見えた。

「明らかにギルクリストはここで働きはじめてから雇われたようです」ホッジが言った。「メイブリーは防衛費に反対する過激派グループの一員でした。よくあるタイプですよ。たとえ人を殺してでも人道主義的な目的のために金を手に入れようとする」

「それならどうして」キャロラインは怒った声できいた。「センサーをくぐり抜けたの」

ホッジはひるんだ。「それは……まだ調査中です。ただメイブリーはレーザー部の建物に入るのに必要な名札は持っていませんでした」

「じゃ、なぜ警報が鳴らなかったんだ？」ジョーがいらいらときいた。

キャロラインは鼻であしらった。「あのプログラムには大きな欠陥があるのよ。警報は名札を持たない人間が入ったときに鳴るようになってはいるけど、人間なしに名札だけが出入りしても鳴らないの」

ホッジのクルーカットの髪は短すぎて引っ張れないので、彼は代わりに頭をかいた。「なんだって？」彼はほとんどどなるように問い返した。

「考えればわかるわ。カルが私の名札を捜すために建物に入ったとき、私は彼と一緒に入らなかったわ。でもコンピュータでは私も入ったことになっている。つまりカルはすでに私の名札を持っていて、センサーにそれを読み取らせたのよ。そうすれば彼はひとりで建物に入ったことにはならないし、私が名札をなくしたというのはうそになるから。カルはコンピュータに関して知らないことはなかったわ。たぶん基地で働きはじめてすぐにセンサーの欠陥に気づいたのよ。入口でひもにつるした名札をちらつかせるとか、そういう実験をして。もし見つかっても、ハッカーがやるようにちょっとコンピュータで遊んだだけで、別に逮捕されるようなことはしていないわけだし。きっとカルは私が名札を落としたときにそれを拾って、警報が鳴らないように私と一緒に建物を出たのよ。それを基地の外に持ち出して複製をつくって、翌朝、紛失届が出されないように本物を私に返したの。私たちがあのふたりをつかまえた晩……」キャロラインはとまどった顔になった。「あれはいつ？　ほんのゆうべのこと？」

「まるで大昔みたいだね」ジョーが言い、彼女に向かってにやりと笑った。

「とにかく、たぶんカルは複製の名札を持って中に入って、入口でそれをメイブリーに投げて渡したのよ。そしてメイブリーもそれを持って中に入った。勤務時間表を見れば、おそらく数秒の間に入って、出て、入ったことが記録されているはずよ。もしあなたに抜かりがなかったら、ホッジ大尉、私に見張りがついているからといって翌朝まで待たずに、あの場で私のコードナンバーをコンピュータから消させていたでしょうね」

ホッジは真っ赤になった。「はあ、そうですね」彼はつぶやいた。

「それだけでなく、あれで片がついたなんて思わずに、何もかもはっきりするまでレーザー・チーム全員を基地に足止めにすべきだったわ」

「そのとおりです」

「あのセンサーのプログラムは書き換える必要があるわ。子供がキャッチボールでもするみたいに戸口で名札を投げ渡すだけで精巧な防犯システムをごまかせるなんて、情けないわ」

「まったく、そのとおりです」

ジョーは口を手でおおってにやにや笑いを隠したが、青い水晶のような目は輝いていた。かわいそうに、生まじめなホッジは高飛車なキャロラインの前で手も足も出ない。僕のはりねずみは不当に扱われて心底憤慨しているらしい。ジョーは大尉がくそみそにけなされる前に仲裁に入ることにした。「君はメイブリーが過激派の一員だったと言ったが、彼は死んだのかい？」

「自殺です。ギルクリストは思想的理由からではなく金めあてで破壊行為をしていたようですが、メイブリーは夜の翼の開発計画を阻止しなければならないと固く信じていました。彼らはテスト中にさかんに問題を生じさせて、予算が通らないようにするつもりでした。経済的政治的状況を考えれば、悪くない計略です。ワシントンでは確実に効果のある事柄だけに予算を使わせようとする圧力が高まっていますからね。我々はメイブリーがヘルプ・アメリカンズ・ファーストというグループに属していたのを突き止めました。彼の証言なしにそのグループの関与を証明できるかどうかはわかりませんが、書類捜査で証明できるかもしれません。彼らは破壊行為を完了させるためにあなたとミズ・エヴァンスを殺すつもりでいたわけですから、我々は罪もない慈善組織を相手にしているわけではありません」

「連中をつかまえてくれ、ホッジ」ジョーが静かな声で言った。

「はい、大佐。ＦＢＩも捜査にかかっています」

キャロラインはあくびをした。岩のくぼみで眠っただけでは疲れが抜けない。何しろ波瀾《はらん》万丈の二十四時間だった。ジョーは椅子の背にもたれて両手を頭のうしろで組み、彼女をながめていた。キャロラインを見ていると心の底から満足感を覚えた。

「これを言うのは君が初めてだが、ホッジ」ジョーはけだるい声で言った。「ミズ・エヴァンスと僕は結婚する」

大尉が信じられないという顔をするのを見て、ジョーはおかしくなった。キャロラインを見たホッジの目つきは、まるで突然檻《おり》から放たれた野生動物を前にして逃げ出すべきか死んだふりをすべきか迷っているようだった。キャロラインは無頓着《むとんちゃく》に警告するような目で大尉を見返した。

「それは……幸運を祈ります、大佐」ホッジはつい口を滑らせた。「いや、おめでとうございます」

「ありがとう。確かに運は必要かもしれないよ」

二週間後、キャロラインはワルツの旋律に合わせ、夫の腕の中でくるくるまわっていた。ふたりを取り巻いているのは華やかなワシントンの社交界だ。広々とした舞踏室にはシルクやサテンが舞い、本物とにせ物の宝石がきらめき、陽気な話し声や真剣な交渉が飛び交っている。黒や灰色や濃紺のタキシードにまじって、軍隊のさまざまな部門の豪華な正装用軍服が見える。軍服姿のジョーはすばらしく堂々として見えた。彼がどこに行っても女性たちの視線が追いかけていくので、キャロラインはその視線の持ち主を何度かにらみつけずにいられなかった。

「もう少し待つべきだったわ」キャロラインは言った。

「何を？」ジョーが腕に力を込めて勢いよく彼女を回転させた。

「結婚するのを」

「ばかな。なぜ?」

「あなたのご家族のためよ」

ジョーは声をあげて笑った。「おやじは理解してるよ。自分もメアリーとの結婚を決めるのに二日しかかからなかったからね。僕は三日かかったけど」

「レイミー大将は喜んでいるようね」

「ああ。空軍は士官が結婚するのを喜ぶんだ。結婚すると落ち着くから」

「でしょうね」キャロラインは疑わしげに応じた。「マッハ3で飛ぶのが落ち着くことなら」

夜の翼の予算は前の日に要求額を大幅に越えて国会で認められた。ジョーは予算委員会で証言するためにワシントンまで出向かなければならなかったが、妻と離れるのを断固として拒んだので、それでキャロラインも来ることになったのだ。

ヘルプ・アメリカンズ・ファーストに関するFBIの捜査は続行中で、夜の翼の最終段階のテストもまだ続いているが、飛行機もレーザー装置も難なく機能している。カルがコンピュータ・プログラムに与えたダメージも修復された。そしてキャロラインは、空軍士官の妻になることで自分の生活がどう変わるかということに徐々に気づきはじめていた。最終テストが完了すれば、ジョーはヴァージニアのラングレー空軍基地で第一戦術戦闘航空団の司令官になる。結婚して以来、軍についていろいろと学んできたキャロラインは、ジョーが司令官になると同時に将官に昇進することを知っている。今ジョーは三十五歳。おそらく三十七歳になる前に大将になるだろう。ジョーが何か命令するたびにへいこらと従わないような人間が彼には必要だと思うので、キャロラインは決して彼には打ち明けなかったが、ときどき彼の能力がちょっと恐ろしくなる。

ジョーが彼女を引き寄せた。ワルツの動きに応じて彼女の下半身が彼の下半身と重なり合った。キャロラインがはっと顔を上げると、ジョーのきらきらした青い目の奥にも欲望が燃えていた。

「君は白が似合うね」ジョーがつぶやいた。

「うれしいわ。白はよく着るの」キャロラインが着ているドレスは雪のような純白だった。

「君みたいに白いシーツが似合う女は初めてだよ」

「そう。私、飛行機の操縦を習いに行くつもりなの。だから白いジャンプスーツを買う必要があるわね」

驚いたことに、キャロラインの手の下でジョーの肩がこわばった。「飛行機の操縦を？　なぜだ？飛びたいのなら僕が教えるよ」

キャロラインは平然と彼にほほえみかけた。「だめよ。私に飛行機の操縦なんて教えたら、きっとあなたは怖くてぶるぶる震えだすわ。それに私はあなたを殺しかねないし。でも知りたいの。あなたが飛んでいるときの気持を少しでもわかるために」ジョーが飛ぶたびに感じる恐怖を乗り越えるにはそれがいちばんだとキャロラインは思った。ジョーが彼女を気づかって翼を切り取るようなことになるよりは、彼女自身も翼を生やそうと思ったのだ。

ジョーはまだ納得しない。「キャロライン……」

「ジョー」キャロラインはきっぱり言った。「私はやろうと決めたことはなんでも上手にやるわ。物理学も、コンピュータも、セックスも。きっと操縦もうまいはずよ。それに子供を産むことも」

ジョーはダンスフロアの真ん中で凍りついた。

「キャロライン！」

周囲から向けられたほほえみまじりの視線を無視して、キャロラインは眉を上げた。「何？」

「妊娠してるのか？」

「その可能性はあるわ」キャロラインは淡々と応じた。「ベガスではタイミングがずれていたけど、そのあとはわからないでしょ？　一度でもあなたが用心したことがあって？　もし今妊娠していなくても、年内に妊娠する可能性は十分あるわ」

　ジョーは息もできなかった。キャロラインが妊娠……。本人も言ったように、彼女はやろうと決めたことはなんでもうまい。ジョーもそうだ。

「面白そうね」キャロラインが言った。「あなたが女の子を作ったか男の子を作ったかがこれでわかるわ」

　ジョーのこわばった口元にゆっくりと笑みが浮かんだ。「僕たちの子供ならどっちだってうれしいよ」

「私もうれしいわ、マッケンジー大佐。本当にうれしい。私たち、ワイオミングにはいつ行くの？」

　いきなり話題が変わったが、ジョーはとまどった様子もなくまた踊りはじめた。「来月だな。僕の休暇は一週間しかないが。だが、クリスマスに帰れる」

「いいわね。会社に話したら、私の勤務地がいつもあなたの基地の近くになるようにしてくれると言ってたわ。もちろん私は空軍の仕事にはつかないけど。あなたがラングレーで、私がボルティモアで働くとしても、通勤時間はそれほど悪くないわ」

「悪くはないよ。でも君が毎日込み合った道路と格闘するのかと思うとどうもね」

　キャロラインは少し身を引き、ゆっくりと眉を上げた。「私が？」微妙に間を置いて彼女は言った。

　ジョーは笑い声を押し殺した。「僕は基地の近くに住まないといけないんだ」彼は苦労して声を平静に保ちながら説明した。

「そう」キャロラインは一瞬考え、そして言った。「いいわ、今回は私が譲るわ。でもこれであなたに大きな貸しができたわよ。私は快適な生活を信条にしているの。混雑した道路と格闘するのはその信条に反するわ。あなたにこのつけを償ってもらういい方法が見つかったら教えるわ」

ジョーは彼女を引き寄せ、いまだに笑いを押し殺しながら腕の中の体の感触を味わった。「メアリーはきっと君を気に入るよ」彼は小声でささやいた。

そのとおりだった。

キャロラインとメアリーは互いに似ていることを感じ取ってすぐに友達になった。キャロラインはジョーの家族だけでなく、ワイオミング州ルースの町も、マッケンジーの山の頂にある富裕な馬牧場も大好きになった。景色は美しいし、農場の家はそれまで行ったことのある家の中でも最も活気に満ちた家のひとつだった。

メアリー・マッケンジーはほっそりとしたきゃしゃな体つきの女性で、この上なく繊細な美しい肌に優しげなスレート・ブルーの目と薄茶色の髪の持ち主だった。最初に見たときはやや平凡に見えたが、一日過ごすうちにキャロラインもメアリーの汚れのない輝くような美しさに目が開かれ、義母を本当に美しいと思うようになった。ウルフ・マッケンジーが妻を見るたびにその黒い目にあからさまな愛と欲望の表情を浮かべることから察して、彼が妻を美しいと思っていることは間違いなかった。

キャロラインはジョーとその父親ほどよく似た人間を見たことがなかった。ただ、ジョーの目は光り輝くダイヤのような青だが、ウルフの目は夜のように真っ黒だ。ジョーは自分を虐待した男のことを父親が知ったら殺しかねないと言っていたけれど、ウルフを見ているとそれがよくわかった。ウルフ・マッケンジーはいとしい者を守る。彼も息子と同じように生粋の戦士だ。

息子たちは十三歳のゼインも含めてみなメアリーより背が高かった。マイケルは大学に行っているので、キャロラインはクリスマスまで会えないが、十六歳のジョッシュはウルフやジョーとほぼ同じくらい長身だった。ジョッシュが聡明《そうめい》で屈託がないのに、対して、ゼインは無口で陰気で目つきが鋭い。ジョーとウルフがともに持っている危険な激しさが、ゼインにもはっきりと見て取れた。

そしてメアリス。十一歳の彼女は年のわりに小柄で、母親からきゃしゃな体つきと透き通るような肌を譲り受けていた。髪は金色で、目はウルフと同じように真っ黒だ。いつも父親のあとをついてまわり、父親のたくましい手つきをまねて小さな手で気難しい馬をなだめたりさすったりする。

キャロラインは馬と一緒にいるジョーを初めて見て、彼の新たな一面に気づかされた。ジョーは馬に対してこの上なく辛抱強く、まるで鞍《くら》の上で生まれたかのように馬を乗りまわす。実際、生まれたときから馬に乗っていたようなものなのだろう。

キャロラインはキッチンの窓辺に立ち、外の囲い柵《さく》の中で大きな黒い雌馬と一緒にいるジョーとウルフとメアリスをながめていた。その馬はメアリスが今いちばん気に入っている馬だ。メアリーがキャロラインの横に立ち、彼女の思いを察して言った。

「いい人でしょう？」義母はため息をついた。「私はひと目見たときからジョーを好きになったわ。あの子が十六のころよ。ああいう人はめったにいないわ。あのころからもういっぱしの男で。文字どおりの意味でよ。もちろん私にはひいき目があるけど、それはあなたも同じでしょう？」

「あの人を見ているだけでぞくぞくするわ」キャロラインはうっとりした声で言い、ふと気づいて笑いだした。「でも本人には内緒よ。あの人はときどきいかにも大佐って感じになるの。だからあまりつけ上がらせないようにしようと思って」

「あら、ジョーはもう知ってるわ。でもあなたも彼をぞくぞくさせてるのよ。ただ、くれぐれもほどほどにね。経験者は語るよ。何しろあの人の父親もかれこれ二十年近く私をぞくぞくさせてきたから。これって遺伝かしら？」

「たぶんね。ジョッシュとゼインもきっとそうよ」

「そうね」メアリーはため息をついた。「学校の女の子たちに同情するわ。それにマイケルの大学の女の子たちにも。幼なじみの女の子たちと違って、大学の女の子はマイケルみたいな子に慣れていないから。慣れてどうなるってものでもないけど」

「きっとメアリスも負けてはいないわね」

窓の外ではジョーが身軽に柵を飛び越えて家のほうに歩いてくるところだった。ウルフはメアリスの髪をくしゃくしゃとかきまぜてから息子のあとに従い、メアリスだけが馬と一緒に残った。

ふたりの男がキッチンに入ってくると、肩幅の広い大柄な体格のせいで急にキッチンが小さく見えた。ふたりは男くさい匂《にお》いと一緒に土と馬と干し草と新鮮な空気の匂いを運んできた。

「なんだかうしろめたそうな顔だな」ジョーが言った。「ふたりで何を話していたんだい？」

「遺伝の話よ」キャロラインは答えた。

ジョーがいつもの癖で眉を上げたので、キャロラインは肩をすくめた。

「仕方ないわ。私はこれから八カ月半の間、たぶん遺伝学にすごく興味を持つんじゃないかしら。男の子か女の子か賭《か》けてみる？」

「あら、男の子に決まってるわ」メアリーが顔を輝かせて言った。ジョーががくりと膝を折って倒れそうになった。

ウルフが笑いながら息子を支えて椅子に座らせた。

「ジョーもマッケンジーの男だ。女の種はまずないよ。マッケンジー家の男はよっぽどがんばらないと娘はできない。だから女性をこんなに大切にするんだよ」

エピローグ

メアリーは正しかった。体重三千七百グラムのジョン・マッケンジーはきっかり予定日に生まれた。ふさふさした黒髪に青い目と黒い真っすぐな眉を持つ、父親そっくりの男の子だった。分娩《ぶんべん》後、キャロラインは眠り、ジョーはベッドの横の椅子に腰かけて息子を胸に抱いたままうとうとと居眠りをした。

赤ん坊の甲高いうなり声を聞いて目を覚ましたキャロラインは、眠たい目であたりを見まわし、横にいる父と子を見て目を輝かせた。彼女は手を伸ばしてまず夫の手に触れ、それから彼の胸元に丸まっている小さな手に触れた。

ジョーが目を開けた。「やあ」彼は優しく言った。

彼って、すてきだわ、とキャロラインは思った。ジョーは基地から直接呼び出されたので制服姿のままだが、服にはしわがより、髪は乱れている。きっと看護師はみな彼に熱を上げているだろう。キャロラインはジョーのネクタイをつかんで引き寄せた。

「キスして」

ジョーは長々とむさぼるようにキスをした。「あと数週間したら、もっとたくさんしてあげるよ」

「うーん。待ちどおしいわ」そこでジョーがみだらな約束をしたので、キャロラインの心臓が高鳴った。彼女は笑いながら、眠っている赤ん坊を抱き取った。

「この子の前でそんな話をしちゃいけないわ。まだ幼すぎるわ」

「その子はもう驚かないよ。最初の最初から僕のことをよく知ってるんだ」

キャロラインは腕の中の小さな真剣な顔を見下ろした。今度は心臓がふくれ上がって胸がいっぱいになるような気がした。信じられない。このすばらしい小さな生き物はまるで奇跡だ。予定を変えてさらに二年ほどギリシャにとどまることにしたキャロラインの両親は、出産の知らせを聞いて今アメリカに向かっているところだが、距離は長いし飛行機の接続も悪いので、到着するまでにあと十時間はかかる。しかしジョンの父方の祖父母は彼が生まれる前に病院に到着し、すでに孫を腕に抱いていた。

「ウルフとメアリーはどこ？」キャロラインは眠たげな声できいた。

「カフェテリアにいるよ。腹がへったと言ってたけど、たぶん僕らをしばらく水入らずにさせたかったんだろう」

「メアリスやほかの男の子たちも連れてくればよかったのに」

「みんな期末テストの最中なんだ。でもその子にはすぐに会えるよ」

キャロラインはまた赤ん坊に目を戻し、うぶ毛の生えた頬を指の先でなぞった。驚いたことに、赤ん坊が急に指のほうに顔を振り向け、求めるように口を開いた。

ジョーは笑った。「それは違うよ、おまえ。もうちょっと正確にねらいを定めないと」

赤ん坊がむずかりはじめた。キャロラインはガウンの前を開き、小さな貪欲《どんよく》な唇をそっと乳房に導いた。赤ん坊はうなり声をあげてそれにかぶりついた。

「典型的なマッケンジーね」キャロラインはつぶやいた。「つまりありきたりじゃないってことよ」

顔を上げると、ジョーが見つめていた。その目はきらきら輝き、あふれんばかりの欲望と愛に満たされていた。そう、この人にはありきたりなところなど何もない。彼は将官の星をめざしてまっしぐらに突っ走っている。私を道連れにして。

ハーレクイン®

シルエット・ラブ ストリーム　1997年5月刊（LS-15）

熱い闇

2024年4月20日発行

著　　者	リンダ・ハワード
訳　　者	上村悦子（かみむら　えつこ）
発 行 人	鈴木幸辰
発 行 所	株式会社ハーパーコリンズ・ジャパン 東京都千代田区大手町 1-5-1 電話 04-2951-2000（注文） 0570-008091（読者ｻｰﾋﾞｽ係）
印刷・製本	大日本印刷株式会社 東京都新宿区市谷加賀町 1-1-1
装 丁 者	中尾　悠
表紙写真	© Salome Hoogendijk, Utiwamoj | Dreamstime.com

ISBN978-4-596-53857-4 C0297

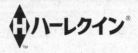

4月26日発売

ハーレクイン・シリーズ 5月5日刊

ハーレクイン・ロマンス

愛の激しさを知る

独りぼっちで授かった奇跡	ダニー・コリンズ／久保奈緒実 訳	R-3869
億万長者は天使にひれ伏す《純潔のシンデレラ》	リン・グレアム／八坂よしみ 訳	R-3870
霧氷《伝説の名作選》	ベティ・ニールズ／大沢　晶 訳	R-3871
ギリシアに囚われた花嫁《伝説の名作選》	ナタリー・リバース／加藤由紀 訳	R-3872

ハーレクイン・イマージュ

ピュアな思いに満たされる

生まれくる天使のために	タラ・T・クイン／小長光弘美 訳	I-2801
けなげな恋心《至福の名作選》	サラ・モーガン／森　香夏子 訳	I-2802

ハーレクイン・マスターピース

世界に愛された作家たち
～永久不滅の銘作コレクション～

情熱は罪《特選ペニー・ジョーダン》	ペニー・ジョーダン／霜月　桂 訳	MP-93

ハーレクイン・ヒストリカル・スペシャル

華やかなりし時代へ誘う

路地裏をさまよった伯爵夫人	アニー・バロウズ／琴葉かいら 訳	PHS-326
ふたりのアンと秘密の恋	シルヴィア・アンドルー／深山ちひろ 訳	PHS-327

ハーレクイン・プレゼンツ作家シリーズ別冊

魅惑のテーマが光る
極上セレクション

秘密の妻	リン・グレアム／有光美穂子 訳	PB-384

※予告なく発売日・刊行タイトルが変更になる場合がございます。ご了承ください。